배신 기사의 유쾌한 신의 8

초판 1쇄 발행 2023년 12월 13일

지은이 ㅣ 가언
발행인 ㅣ 최원영
편집장 ㅣ 이호준
편집디자인 ㅣ 한방울
영업 ㅣ 김민원

펴낸곳 ㅣ ㈜ 디앤씨미디어
등록 ㅣ 2002년 4월 25일 제20-260호
주소 ㅣ 서울시 구로구 디지털로 26길 111 JnK디지털타워 503호
전화 ㅣ 02-333-2513(대표)
팩시밀리 ㅣ 02-333-2514
E-mail ㅣ seed_dnc@dncmedia.co.kr
블로그 ㅣ blog.naver.com/gnpdl7

ISBN 979-11-6145-589-1 04810
ISBN 979-11-6145-506-8 (SET)

※ 저자와 협의하여 인지는 붙이지 않습니다.
※ 이 책은 ㈜ 디앤씨미디어(시드북스)가 저작권자와의 계약에 따라 발행한 것으로 본사와 저자의 허락 없이는 어떠한 형태나 수단으로도 내용을 이용할 수 없습니다.

배신기사의 유쾌한 삶의

가언 판타지 장편소설

SEEDBOOKS FANTASY NOVEL

1장 광인과 광대 · 7

2장 옛날이야기가 멋진 이유 · 45

3장 어린애 잘못은 어른 책임 · 93

4장 우릴 조롱하는 건가? · 141

5장 제국에는 그런 단어가 있습니다 · 201

6장 솔직한 것은 부끄러운 게 아니다 · 267

1장. 광인과 광대

광인과 광대

 깨끗한 금발과 초록색 눈동자는 엘프 중에서도 자연에서의 삶을 추구하는 숲 종족 고유의 외모였다.
 누구보다도 자연의 섭리를 중시하는 종족이 어째서 이런 시체 소굴에 있는 건지.
 르웰린은 혼란을 감추지 못하고 한 걸음 앞으로 성큼 나섰다.
 "엘프가…… 왜 여기에 있어? 너, 숲 종족 아니야? 아직 성년식도 치르지 않았을 텐데?"
 "잡혀 온 것도 아니고, 협박당하는 것도 아니고 내 발로 걸어 들어온 거니까 괜한 오지랖은 부리지 말아 줄래?"
 불쾌한 질문에 엘프 소녀, 진이 인상을 살며시 구겼다.

"영감들 고리타분한 소리나 들으면서 아무것도 없는 숲에 평생 처박혀 사는 건 사양이야."

"하지만 너희는……."

"유감스럽게도 어디나 별종이라는 건 있는 법이지."

르웰린의 말허리를 뚝 자르고 소녀가 차갑게 내뱉었다.

"자유로운 인생이라는 건 참 멋지지 않아? 하고 싶은 것도 마음껏 하고. 그쪽이 누군지는 알고 있어. 툭하면 엘프 영역을 쏘다니는 멍청한 왕자님이지? 설마 아렌트 폰 에크하르트와 어울려 다닐 줄은 몰랐어."

"너…… 날 알아?"

"엘프들 사이에서는 상당히 유명하니까 말이지. 이렇게 만나게 되어서 반갑네!"

진이 키득키득 웃음을 터뜨렸다.

인간으로 치면 17, 18살쯤 되었을까?

상당히 앳된 인상이었다.

아마 엘프 사회에서도 그리 나이가 많은 축에 끼지는 않을 것이다.

"대충 네 예상이 맞아떨어졌네."

아렌트의 곁에 선 아서가 작게 중얼거렸다.

인간과 비교할 수 없을 정도로 막대한 마력을 지닌 반면, 정작 본인의 무력은 그리 높지 않다.

아렌트가 지나가는 것처럼 내어놓은 설명은 진이라는 엘프 소녀와 딱 맞아떨어지는 조건이었다.

드래곤만큼은 아니지만, 엘프는 자연 친화적인 종족인 만큼 마력을 다루는 데 능통했다.

동시에 타고난 체구가 얇고 가늘어, 직접 무력을 익히기에는 적합하지 않았고.

"같은 종족이라고 해도 말이지, 모두가 같은 생활을 할 필요는 없잖아. 조화를 지키는 사람이 있다면 그걸 깨부수는 쪽도 있어야 공평하지. 그것도 나름의 조화인걸!"

"그래서 그런 이상한 놈들을 만들어 냈다고?"

"이상하다니. 왕자님은 심미안이 부족하시네."

소파에 몸을 파묻은 진이 자신의 무릎을 끌어안으며 빙그레 미소 지었다.

"자연의 섭리를 거스르는 그것들이야말로 최고로 아름다운 작품이지. 다양한 방법으로 시도해 봤는데, 어때? 죽었다가 살아난 녀석도 있고, 산 채로 영원히 죽지 않는 몸이 된 친구도 있지. 윗분들도 마음에 들어 하셔서 다행이야!"

소설에서의 슈타들러 백작보다 한술 더 뜨는 광기였다.

"윗분들이라는 건 악신교인가?"

"이미 다 알고 온 거 아냐, 왕자님? 뭘 그리 새삼스럽게 물어본대. 나랑 뜻이 맞는 분들이 계셔서 참 다행이야, 그렇지? 원래 신 같은 건 믿지 않았지만, 이렇게 재미있는 삶을 살 수 있다면 기도 정도야 얼마든지 할 수 있어."

"정말…… 장로님이 보시면 기절하시겠군."

르웰린이 기가 막혀 헛웃음을 터뜨렸다.

"그러게. 나도 언젠가는 꼭 보여 드리고 싶어. 그나저나 내 보물 상자는 어땠어? 실컷 구경했을 거 아냐."

"나름 머리 굴린 건 보이는데, 그거랑은 별개로 상당히 조잡하고 허접하더군."

그때 밉살맞은 목소리가 불쑥 끼어들었다.

제 귀를 의심하며 진이 되물었다.

"허접하다고?"

"저거 만드는데 얼마나 걸렸어? 하루? 아니면 이틀? 아, 한 달 정도는 공들였으려나?"

뻐딱하게 선 아렌트가 비웃음을 흘리며 말을 이을수록 진의 미소가 점점 굳어 갔다.

"그런데 어쩌나. 그게 별 채비도 없이 쳐들어온 몇 명한테 개박살 나서. 그것참, 유감이야."

"……."

"왜? 여태껏 도망도 안 가고 기다리기에, 진솔한 감상평을 원한 줄 알았는데. 기대한 말과는 영 달랐나 봐? 사춘기 잘못 온 어린애다운 취향이긴 했어. 다음에는 성능에 좀 더 집중해 보라고."

그에 반해 아렌트는 씨익 입꼬리를 끌어 올리며 삐딱하게 고개를 기울였다.

명백한 조롱이었고, 동시에 진의 아픈 곳을 후벼 파는 말이기도 했다.

한 달? 터무니없었다.

그녀의 소중한 작품 하나하나는 모두 그녀가 몇 년간 공을 들여 탄생시킨 결과물들이었다.

하지만 그것들이 고작 하룻밤 사이에 개박살이 났다.

다름 아닌 눈앞의 이 괴물 같은 놈들에 의해서.

잠시 후, 진이 한숨을 푹 내쉬었다.

"그래…… 뭐 다 맞는 소리니 반박도 못 하겠네. 연구자로서도 뼈아픈 일이고, 부서진 심장의 검 소속으로서도 큰 실책이야. 하지만 말이야. 너네가 비정상이라는 생각은 안 해?"

"그건 그래. 내가 좀 잘나긴 했지."

"……."

뜬금없이 튀어나온 헛소리에 그녀는 말문이 막히고 말았다.

하지만 아렌트는 그저 뻔뻔할 뿐이었다.

"너도 바깥에서 사회생활도 좀 하고, 사람도 만나고 그래. 이런 곳에서 시체나 주무르지 말고."

스륵.

진이 고개를 기울이자 그녀의 반짝이는 금발이 폭포수처럼 쏟아졌다.

"내가 왜 그래야 하는데?"

"악당 흉내 내기에는 아직 한참 이른 것 같아서."

짧은 물음과 마찬가지로 아렌트가 담백하게 대답했다.

두 사람 사이에 진득한 침묵이 흘렀다.

잠시 후. 진의 얼굴에 다시금 그린 듯한 미소가 드리웠다.

"어처구니가 없네. 웬 개망나니 같은 놈들이 쳐들어와서 내 연구실을 헤집고 다니나 싶더니…… 이거 보기 드문 미친놈이잖아. 엘프한테 그딴 말을 지껄인다고? 미안하지만 난 그쪽보다 몇 배는 더 살았어, 인간 기사님."

"미친놈은 네 쪽이고. 나이 먹는다고 해서 다 철드는 건 아니지."

스릉, 아렌트가 검을 다잡았다.

그 기색을 알아차린 아서와 르웰린 역시 반사적으로 몸을 긴장시켰다.

진이 피식 웃음을 터뜨렸다.

"그래, 뭐. 실책은 실책이지만…… 그래도 널 붙잡아다가 성녀님 앞에 끌고 가면 다들 칭찬해 줄 것 같은데? 그분 앞에서도 똑같이 지껄일 수 있는지 한번 보자고."

"유감이지만."

아티팩트의 힘을 끌어 올리며 아렌트가 비웃음을 흘렸다.

"내 입은 아무도 못 막아. 설령 그 잘난 신이 직접 강림해도 말이지."

그 순간 연구실 곳곳에 고인 어둠이 사납게 솟구쳤다.

우당탕, 쿵!

갑자기 몰아치는 마력 폭풍에 아무렇게나 쌓였던 표본들이 깨져 바닥을 뒹굴었고, 흐트러진 종이가 사방으로 날아다녔다.

반사적으로 내지른 검에 둔탁한 부하가 걸린 것도 거의 동시였다.

카아앙!

귓전을 때리는 사나운 쇳소리가 터져 나온 뒤에야 아렌트는 상대를 확인할 수 있었다.

"……."

검은 그림자를 뭉쳐 만든 것 같은 존재가 그의 검을 가로막고 있었다.

썩은 냄새를 풍기던 바깥의 괴물들과는 달랐다.

시체를 조각조각 모아서 만든 존재도 아니었고, 하다못해 살아 숨 쉬는 생물 같지도 않았다.

놈은 심연, 그 자체였다.

그저 놈의 초점 없는 두 눈만 소리 없이 적을 가만히 주시할 뿐이었다.

아렌트는 놈을 쳐 내려고 했지만, 곧 불가능하다는 것을 깨달았다.

단단히 붙잡힌 검은 어지간한 힘으로는 꿈쩍도 하지 않았다.

점점 검에 들어오는 압박이 심해졌다.

힘을 고스란히 버텨 내고 있는 양팔 역시 덜덜 떨리기 시작했다.

"……이건 또 뭐야."

"고대 문헌에 말이야, 제법 재미있는 것들이 많더라고. 빈센트라는 자도 그걸 참고해서 골렘이랑 구울을 만들었다면서?"

아렌트가 억지로 입꼬리를 비틀자 그림자 뒤에서 진이 웃음을 터뜨렸다.

"그자가 이것저것 남겨 놓은 덕분에 많이 참고할 수 있었어. 역시 밖에서 혼자 연구하는 것보다는 조력자가 있는 편이 훨씬 낫지. 물론 네가 죽여 버렸지만."

그녀가 말을 잇는 사이, 검은 덩어리가 아렌트의 검을 받아 내는 동시에 꾸물꾸물 움직여 곧 인간과 비슷한 형태로 변했다.

마치 땅거미 진 하늘 아래에 길게 드리운 그림자 같은

모습이었다.

놈의 긴 팔 한쪽은 여전히 아렌트와 대치 중이었고, 나머지 한쪽 팔은 바닥에 아무렇게나 널브러졌다.

비쩍 마른 상체 위에 달린 동그란 머리통에서 초점을 알 수 없는 눈동자가 가만히 아렌트를 내려다보았고, 하체는 여전히 그림자 속에 잠긴 채였다.

"진짜 돌겠네."

그 엄청난 위용에 질린 아서가 헛웃음을 터뜨렸다.

이미 상체만으로도 연구실이 가득 찰 지경인데, 전신을 모두 드러내면 얼마나 거대할지 감도 잡히지 않았다.

"골렘, 구울 말고도 써먹을 만한 건 얼마든지 있더라? 뭐 살아 있는 짐승들을 합쳐서 만든 키메라 같은 거. 하지만 그냥 그대로 구현하자니 영 심심해서 나름대로 수정을 해 봤는데도 조금 아쉽더라고."

빈센트가 골렘과 구울을 합친 기술을 만들어 낸 것처럼, 진은 그녀의 입맛에 만든 괴물들을 탄생시킨 것이다.

힘에 밀린 아렌트가 결국 뒤로 한 걸음 물러서고 말았다.

르웰린과 아서가 움찔했지만 그들도 쉽사리 움직일 수 있는 상황은 아니었다.

텅 빈 눈동자가 소리 없이 움직여 두 사람을 주시하기 시작한 것이다.

웃음을 터뜨린 진이 제멋대로 말을 이어 갔다.

"그분이 내 작품에 어떤 별명을 붙여 주셨는지 알아? 기적의 병사! 하지만 그런 말을 듣기엔 아직 많이 부족했지. 그래서 연구와 연구를 거듭해서, 드디어! 기적의 병사를 만들어 냈어!"

제 흥을 이기지 못한 소녀는 소파를 짓밟고 벌떡 일어나 양팔을 벌린 채 외쳤다.

"봐, 아름답지 않아? 산 것도 죽은 것도 아닌 완벽한 존재! 이거야말로 기적의 병사에 걸맞은 존재가 아닐까? 응? 어떻게 생각해? 응?"

"……악취미적이군."

흥분해 거듭 묻는 그녀에게 해 줄 수 있는 말은 하나뿐이었다.

결국 그녀는 이 거대한 괴물을 시험해 보고 싶었을 뿐이라는 거였다.

아까 이 연구실의 입구를 지키던 놈과 얼핏 비슷해 보였지만, 굳이 따지자면 이것은 그 업그레이드 버전인 것 같았다.

그녀가 말한 대로라면, 이쪽이 완전판이겠지.

이놈의 원재료가 뭔지 제대로 감도 잡히지 않았다.

생물이라고 할 수도 없고, 그렇다고 죽은 것을 개조해 만든 것 같지도 않았다.

하지만 딱 한 가지는 확실했다.

이놈을 지금 처리하지 못하면 분명 이쪽의 목숨이 위태로워질 것이다.

더불어 산 아랫마을 사람들까지 위험해질 게 뻔했다.

아렌트의 눈에도 독기가 서려 갔다.

그가 적 너머에 있는 진을 똑바로 노려보았다.

"너 조금만 기다려라. 이놈부터 처리한 뒤에 뒤통수 한 대 세게 후려갈겨 줄 테니까."

"어머나. 그거 엄청난 포부네."

진이 피식 웃음을 터뜨렸지만, 곧 표정이 설핏 굳었다.

천천히, 아주 천천히, 검과 맞닿은 자리에 하얀 서리가 내려앉기 시작한 것이다.

"기적의 병사고 자시고, 두들겨 패면 그걸로 끝이야."

한 박자 늦게 자신의 몸에 변화가 생겼다는 걸 깨달은 괴물이 시선을 움직여 아렌트 쪽을 보았다.

아서와 르웰린은 그 틈을 놓치지 않았다.

르웰린이 한 걸음을 떼자 그를 붙잡기 위해 그림자가 불쑥 솟구쳤다.

그러나 그 공격은 아서의 검에 막혀 버렸다.

"하아앗!"

감시에서 벗어난 르웰린이 자리를 박차고 달려들어 아티팩트를 발동하자, 아렌트는 검을 놓아 버린 채 몸을 확

숙였다.

콰직!

강하게 터져 나온 공기파가 아렌트의 검을 붙잡은 팔을 찢어 버렸다.

몸을 굴려 그 자리에서 빠져나온 아렌트가 바닥에 떨어진 검을 갈무리하며 바닥을 박차고 뒤로 물러섰다.

괴물의 머리에 박힌 한 쌍의 탁한 눈동자가 아무런 감정도 내비치지 않은 채 가만히 아렌트를 내려다보았다.

"내가 전에도 말했던 것 같은데…… 그거 아냐?"

견습 기사의 입술 사이에서 새하얀 냉기가 흘러나왔다.

싸늘하게 가라앉은 황금색 눈동자에 미친 엘프의 딱딱하게 굳은 얼굴이 투명하게 비쳤다.

"덩치가 클수록 두들겨 팰 수 있는 면적도 더 넓다는 거."

거리를 제대로 확보하지 못한 채 거대한 괴물을 상대하는 건 제법 불리한 싸움이었다.

하지만 불행 중 다행이라면 르웰린은 온갖 곳을 모험하며 산전수전을 다 겪은 몸이었고, 아서는 괴짜 후배의 성질머리에 맞춰 주다 보니 어지간한 일에는 당황하지 않게 된 데다가…….

얼핏 막 나가는 것처럼 보이는 견습 기사는 머리 굴리

는 솜씨 하나만큼은 끝내주는 놈이라는 거였다.

전투가 개시된 순간, 세 사람의 머릿속에는 똑같은 목표가 생겼다.

우선 약점을 찾는다.

가장 앞서가던 아렌트에게 괴물의 기다란 손이 날아왔다.

인간과 닮은 다섯 개의 손가락이 순식간에 수천 개의 가시가 달린 철퇴처럼 변했다.

아렌트는 검을 치켜들어 방어했다.

콰아앙!

전신에 강한 충격이 가해졌다.

한순간 몸의 호흡이 죄다 빠져나가는 듯했지만 어떻게든 버텨 냈다.

잠깐 움직임이 봉쇄된 사이 르웰린이 움직였다.

괴물이 나머지 한쪽 팔을 치켜올렸다가 그를 내려쳤지만, 앞에 뛰어든 아서가 공격을 막아 냈다.

"크윽!"

마찬가지로 전신에 가해지는 압박에 아서가 저도 모르게 짧은 신음을 흘렸다.

르웰린은 그 즉시 텅 비어 버린 괴물의 몸통에 뛰어들며 크게 검을 내질렀다.

서걱, 베이는 감각이 손끝에 전해지는 순간 르웰린은

아티팩트를 발동했다.

그의 검 끝에서 푸른 기운이 맺히더니 곧이어 강한 폭발을 일으켰다.

콰아앙!

놈의 몸통이 터져 나가는 것을 확인한 르웰린이 급하게 거리를 벌리고 방금 일격의 결과를 확인했다.

"……뭐야?"

커다란 상흔이 빠른 속도로 수복되고 있었다.

마치 방 안의 어둠이 모여들어 박살 난 몸통을 메워 주는 것처럼 보였다.

그러는 와중에도 아서와 아렌트를 압박하는 힘은 전혀 줄어들지 않았다.

"……."

놈의 머리에 위치한 눈이 스윽 움직여 르웰린에게 닿았다.

위험을 감지하고서 뒤로 물러서기가 무섭게, 아렌트를 압박하던 팔이 거둬지더니 빠른 속도로 르웰린을 향해 날아들었다.

"……!"

콰아앙!

몸을 굴려 가까스로 피하자마자 자리에 강하게 내려쳐진 철퇴가 연구실 바닥을 박살 냈다.

그 위력에 모골이 송연해지려는 찰나.

앞으로 치고 나간 아렌트가 괴물의 굵은 팔을 발판 삼아 도약했다.

그가 밟은 자리에 새하얀 얼음 조각이 맺혔다.

괴물이 시선을 돌린 순간, 검을 치켜든 아렌트가 놈의 어깨에 검을 깊이 박아 넣었다.

검이 파고들자마자 놈의 어둠 같은 외피가 새하얗게 얼어붙었다.

빠르게 검을 갈무리하고 물러서려는 찰나, 놈의 어깨에서 또 하나의 팔이 불쑥 솟아났다.

"젠장!"

미처 반응할 틈도 없었다.

강한 힘으로 허공에서 후려쳐진 아렌트는 그대로 책장으로 내동댕이쳐졌다.

우지끈하는 거창한 소리와 함께 머리 위로 온갖 책과 서류들이 쏟아졌다.

한순간 의식이 날아갈 뻔했지만, 어떻게든 검을 고쳐 잡은 아렌트는 몸을 굴려 그 자리를 빠져나왔다.

박살 난 책장이 쿵 쓰러지고 먼지가 자욱하게 피어올랐다.

여전히 괴물과 대치하던 아서가 고함쳤다.

"야, 살아 있냐?"

"그럼 뒈졌겠어요?"

까질하게 대꾸한 아렌트가 입 안에 고인 피를 뱉어 냈다.

자꾸만 식도를 타고 뭔가가 울컥 올라오는 것을 보니 내상을 단단히 입은 모양이었지만, 당장 움직이는 데는 문제가 없으니 다행이었다.

상황을 관전하던 진이 입을 열었다.

"크로우를 죽인 게 너지? 아렌트 폰 에크하르트. 다른 녀석들보다 월등히 뛰어나서 제국 내에 잠입시킨 거였는데. 게다가 감히 교단에서 훔친 성물로 우리에게 대적한다고?"

엘프의 희열에 찬 초록빛 눈동자에 검은 연기 같은 그림자가 일렁였다.

"그분의 성체로 만든 것까지 빼돌린 죄는 죽음으로 갚아야 할 거야. 그동안 훔친 것 전부 오늘 돌려받고야 말겠어."

"야, 말은 바로 하자. 훔친 게 아니라 빼앗은 거다. 말하자면 전리품인 셈이지."

입가를 대충 훔친 아렌트가 피식 비웃음을 흘렸다.

"그놈들이 약해 빠져서 내 손에 뒈진 것뿐인데, 누굴 탓해? 아니면 그 잘난 교단에 인재가 그렇게 없는 모양이지? 너 같은 애새끼한테 이런 장난감을 쥐여 준 걸 보면 말이야."

"뭐?"

"그 잘난 성녀의 역량도 거기까지인가? 고작 견습 기사 한테 뒈질 놈들을 간부라고 앉혀 놓다니, 머저리가 따로 없어."

아렌트가 말을 이을수록 진의 표정이 딱딱하게 굳어 갔다.

얼굴에서 미소를 지운 진이 살기를 드리웠다.

"그분을 모독하지 마."

"무능한 대가리는 모독당해도 싸. 내 손에 이게 들어온 순간부터, 그쪽 윗대가리는 제 역할도 못 하는 무능한 머저리들인 거야."

하지만 그와 반대로 아렌트의 입가에는 더욱 미소가 짙어졌다.

"왜, 너무 뼈아픈 사실이라 마음이 안 좋냐? 너무 걱정하지 마. 너도 성녀가 무능하다는 증거 중 하나가 될 테니까."

"이게……!"

격해진 주인의 심리에 대응하듯, 거대한 그림자가 아렌트를 향해 공격을 감행했다.

콰드득!

그가 가볍게 몸을 놀려 피하기 무섭게, 방금까지 서 있던 자리에 괴물이 뻗어 낸 날카로운 줄기가 파고들었다.

'서리 어린 손길이 닿은 자리는 회복될 기미가 없군.'

찢거나 베인 상처는 순식간에 회복하지만, 화상이나 동상에 취약하다는 약점은 이놈에게도 해당되는 것 같았다.

아까 르웰린이 터뜨린 자리는 그림자에서 솟아 나온 상체의 명치에 가까운 곳이었다.

아티팩트를 이용해 제법 넓은 곳에 타격을 주었지만, 놈에게 별 영향을 주진 못했다.

'핵을 찾아서 부숴야만 해.'

뻗어 나온 팔은 공격에 사용하고 있으니, 거기에 핵을 숨겨 두지는 않았을 것이다.

남은 곳은 머리와 목.

그리고 아까 르웰린의 일격에 영향을 받지 않은 가슴 윗부분.

마지막으로 아까부터 이쪽을 기분 나쁘게 주시하는 한 쌍의 눈이었다.

"일단 머리를 터뜨려 버려. 그 뒤는 내가 알아서 할 테니까."

"알겠어."

아렌트가 내린 지시에 르웰린이 고개를 끄덕이고는 검을 다잡았다.

그 역시 마력을 과하게 소모한 데다 여기저기 난 상처 때문에 온몸이 엉망이었지만 눈빛만큼은 진지했다.

길게 대화할 틈은 없었다.

적이 몸을 비틀더니 곧이어 일행을 향해 공격을 쏟아 낸 것이다.

르웰린의 뒷덜미를 낚아챈 아렌트가 뒤로 크게 물러서자, 이번에는 아서가 가장 전면에 나섰다.

"……!"

놈의 일격을 정면으로 받아 낸 아서가 작정이라도 한 듯 양다리에 힘을 단단히 줬다.

방금 충격으로 내상을 입은 듯 입술 사이로 울컥 피가 쏟아졌지만 그는 어떻게든 버티고 섰다.

"빨랑 움직여!"

아서의 외침에 르웰린이 행동을 개시했다.

그가 마력을 강하게 운용하며 땅을 박차자, 아까 아렌트에게 날아들었던 공격이 쏟아졌다.

하지만 그것은 르웰린에게 닿기도 전, 새하얀 얼음덩어리가 되어 움직임을 멈추고 말았다.

르웰린은 뻣뻣하게 얼어붙은 부분을 박차고 솟구쳤다.

어쩐지 경악에 찬 것 같은 한 쌍의 눈동자가 르웰린을 가득 담아낸 직후.

퍼어억!

괴물의 검은 머리가 사방으로 터져 나갔다.

 바로 다음 순간, 엉뚱한 방향에서 날아든 괴물의 줄기에 얻어맞은 르웰린은 그대로 땅에 처박히고 말았다.

 그가 나동그라진 자리에서 교대하듯 아렌트가 나타났다.

 "징글징글하네.

 재생하기 시작한 머리에 한쪽 눈동자가 생성되려는 찰나, 아렌트는 남은 마력을 모조리 끌어냈다.

 좁은 연구실에 강한 냉기가 휘몰아치자, 검에 박힌 마정석이 결국 버티지 못하고 금이 쩍 갔다.

 울컥 입 안에서 피가 치솟았지만, 아렌트는 마력을 풀지 않고 그대로 괴물의 머리를 다시 한번 내려쳤다.

 푸우욱.

 괴물의 미간에 새하얗게 얼어붙은 검이 파고들었다.

 아렌트가 검자루를 놓고 바닥에 착지했을 때, 거대한 거인은 마치 고장이라도 난 것처럼 우뚝 움직임을 멈춘 뒤였다.

 잠시 영원과도 같은 침묵이 흐른 뒤.

 "……뭐야? 이럴 리가 없는데?"

 얼빠진 목소리가 진에게서 흘러나왔다.

 괴물은 마지막 저항이라도 하려는 것처럼 양팔을 허공으로 휘저었다.

압박에서 풀려난 아서가 휘청대며 그 자리에 주저앉았다.

"……!"

괴물은 이내 얼어붙은 머리를 부여잡고 몸을 뒤틀더니 곧 몸부림치기 시작했다.

아마 성대가 있었다면 끔찍한 비명이라도 내질렀을 법한 모습이었다.

놈의 거대한 몸이 연구실 이곳저곳을 파괴하며 파편이 사방으로 흩날렸다.

그러는 사이에도 검은 심연의 거인은 천천히 새하얀 얼음에 잡아먹히고 있었다.

처음에는 머리에서 목, 그리고 어깨, 마지막으로 고통스럽다는 듯 칼에관통당한 머리를 부여잡은 팔까지.

냉랭한 소리와 함께 얼음이 빠르게 괴물의 몸을 뒤덮어갈수록, 놈의 행동이 점차 둔해졌다.

그리고 잠시 후.

괴물의 움직임이 완전히 멈추나 싶더니, 이내 지금까지 유지했던 형상이 녹아내리는 것처럼 허물어지기 시작했다.

뿌드드득.

억지로 모습을 바꾸는 통에 얼어붙었던 자리가 부러지고 깨졌지만, 괴물은 전혀 아랑곳하지 않았다.

얼음 안에 갇혔던 그림자가 연기처럼 스멀스멀 흩어지

며 다시 어둠 속으로 녹아들고 있었다.

"도망…… 치는 건가?"

아서가 망연하게 중얼거렸다.

그것 말고 다른 건 생각할 수 없었다.

괴물이 완전히 모습을 감춘 순간.

놈의 미간에 박혀 있던 검이 챙그랑, 소리를 내며 바닥에 떨어졌다.

그는 절뚝대는 걸음으로 검을 회수해 넋이 나가 버린 진을 향해 돌아섰다.

"장난질은 이게 끝인가?"

뭐라 대꾸하려 했지만, 목을 향해 겨눠진 검에 진은 말문이 막히고 말았다.

검을 꼬나쥔 아렌트가 삐딱하게 고개를 꺾었다.

"너, 직접 목숨 걸고 싸워 본 적 없지? 네가 만들었다는 그 조잡하고 허접한 것들에게 떠넘길 줄이나 알고."

여기저기 터지고 부러진 데다 머리에서 흘러내린 피 때문에 한쪽 눈조차 제대로 뜨지 못했지만, 서릿발보다 더욱 차가운 아렌트의 목소리는 전혀 흔들리지 않았다.

"납치한 사람들을 원래대로 돌려놓을 방법이나 말해."

더욱 바싹 다가온 검 검날이 그녀의 새하얀 목에 작은 상처를 남겼다.

송골송골 맺힌 붉은 피가 채 아래로 굴러떨어지기도 전

에 아티팩트의 냉기에 얼어 버렸다.

"싫어. 불가능해!"

"가능하게 만드는 편이 네 신상에 이로울 텐데."

진의 마지막 발악에도 아렌트는 전혀 동요하지 않고 검을 더욱 가까이 들이밀 뿐이었다.

후두둑.

아렌트의 상처에서 떨어진 피가 바닥에 닿아 새빨간 서리로 변했다.

"그게 아니면 너를 살려 둘 이유가 없으니까."

"……."

진은 입술을 꾹 깨물고 고집스럽게 아렌트를 쏘아보았다.

하지만 여전히 아렌트의 얼굴은 무감정하기만 했다.

마치 아무런 감흥조차 주지 못하는 무기물을 바라보는 것처럼.

그렇기에 진은 더욱 등골이 오싹해질 수밖에 없었다.

바로 그때.

"……!"

아렌트는 바로 뒤에서 이질적인 기척을 느꼈다.

물러서 있던 아서와 르웰린이 반사적으로 검을 고쳐 쥐려는 순간, 섬뜩한 예기가 느껴졌다.

어느새 긴 검이 그의 목 옆에 똑바로 겨눠져 있었다.

처음 듣는 남자의 목소리가 바로 곁에서 들려왔다.

"오냐오냐했더니 결국 이런 사달을 내는군, 진."

멍하니 있던 르웰린이 중얼거렸다.

"……뭐야, 어디에서 나타난 거야?"

마치 허공에서 갑자기 홀연히 나타난 것처럼, 그 남자는 자리에 서 있었다.

이 방에서 진 이외의 다른 기척이 느껴졌다면 아렌트와 아서가 먼저 알아차렸을 텐데, 그런 낌새도 전혀 보이지 않았다.

아서 역시 바짝 긴장한 채 아렌트의 목에 검을 겨눈 남자를 똑바로 노려보며 제 검을 쥔 손에 힘을 더 주었다.

진이 억울한 목소리로 소리 질렀다.

"왜 이제야 온 건데!"

"최대한 빨리 온 거다. 텔레포트 장치가 망가져 있어서 진입할 때 애를 좀 먹었는데…… 그래도 너무 늦지 않아 다행이군."

가면 너머의 눈동자가 소리 없이 움직여 아렌트를 보았다.

"아렌트 폰 에크하르트, 이쯤 하면 됐을 텐데. 검을 거둬라."

명령을 따르지 않으면 당장이라도 베어 버리겠다는 듯, 정체불명의 사내가 검을 더욱 깊숙이 들이밀었다.

아렌트는 진을 노리는 검을 거두지 않은 채, 눈동자만을 굴려 새로 나타난 상대를 확인했다.

잠시 후, 그의 입에서 실소가 흘러나왔다.

'드디어 납셨군.'

빈센트와 블레이크가 그랬던 것처럼 얼굴에 뒤집어쓴 검은 가면이 가장 먼저 눈에 들어왔다.

켄드릭과 비슷할 정도로 큰 체격을 완전히 감싼 채 발끝까지 내려오는 로브 역시 칠흑 같은 검은색이었다.

제 살갗이라고는 하나도 드러내지 않은 모습은 꼭 경건한 수도사처럼 보였으며, 진중한 음성은 몇 번이고 소설에서 읽었던 묘사와 완벽히 겹치는 목소리였다.

차분한 목소리에 단단한 체구를 가졌고, 누구보다 교단에 충성하며……

'성검의 푸른 기사'에서 가장 많은 사상자를 낸 장본인.

모든 것을 화염으로 집어삼키는 아티팩트, '업화의 축복'을 가진 자.

빈센트와 블레이크의 존재를 확인한 뒤 아렌트가 가장 신경 쓰던 등장인물, 로저의 역사적인 첫 등장이었다.

진은 로저가 나타나자 제법 침착해진 듯했지만, 여전히 불안하게 아렌트의 검을 힐끔힐끔 곁눈질했다.

그리고 로저는 그녀에게는 눈길조차 주지 않은 채 가면 너머로 아렌트만을 가만히 주시했다.

그가 조금이라도 움직이면 바로 목을 베어 버릴 것 같은 기세였다.

그 사소한 시선 처리에, 아렌트는 로저가 뭘 원하는지 쉽게 알아차렸다.

교단은 이런 어처구니없는 일로 진을 잃고 싶지 않은 것이다.

아직 앳된 티가 채 가시지 않은 상처투성이 얼굴에 비릿한 미소가 맺혔다.

긴말도 필요 없었다.

그저 고개를 조금 옆으로 기울이고서, 가벼운 한 마디를 뱉으면 충분했다.

"내가 왜?"

가면 속 얼굴을 형편없이 구겨지게 만드는 가장 효율적인 방법이었다.

"……이 자리에서 죽고 싶은가."

"그 말 고스란히 돌려주지. 어디 한번 그 검 움직여 봐. 이 꼬맹이가 죽는 걸 눈앞에서 보고 싶으면."

로저를 향한 아렌트의 황금색 눈동자가 서늘하게 식었다.

"내 목이 잘리는 한이 있더라도 이 애송이만큼은 꼭 데려간다. 내가 그럴 능력이 있다는 건 그쪽도 잘 알 테지."

"그렇다면 너 역시 죽은 목숨일 텐데."

로저의 목소리가 한층 더 음산해졌다.

"너뿐만이 아니다. 이 호수의 모든 생명을, 그 후엔 마을의 모든 자를 죽일 것이다."

"그 정도 대가로 온갖 괴물을 만들어 내는 미친놈을 처리할 수만 있다면, 꽤 수지타산 맞는 일이지."

반면에 아렌트의 입가에 맺힌 비릿한 미소는 더욱 짙어졌다.

"왜? 못 할 것 같아?"

"……."

로저가 침묵했다.

가면에 가려져 표정을 볼 수는 없었지만, 검을 쥔 손에 힘이 들어가는 것으로 보아 그의 감정이 다소 격해졌다는 것을 짐작할 수 있었다.

뒤늦게 구울을 정리하고 합류하려던 워렌과 리히트가 상황을 확인하고는 그 자리에 우뚝 멈춰 섰다.

가면을 쓴 채 가만히 아렌트를 응시하던 로저가 짧게 내뱉었다.

"제정신이 아니군."

"제정신이 아닌 건 내가 아니라 그쪽 같은데. 내 뜻은 충분히 밝혔으니, 검 치우고 뒤로 물러나."

아렌트의 검이 더욱 진의 목에 가까워졌다.

상처가 더욱 벌어지며 흘러내린 피가 앞섶을 적시기 시

작하자 진의 얼굴이 더욱 창백해졌다.

"진, 이 사태를 어찌할 셈이지?"

"그, 그게 왜 내 잘못이야? 이놈들이 갑자기 쳐들어올 거라고는 안 했잖아!"

로저가 내뱉은 힐책에 진이 억울한 듯 외쳤다.

그 말도 이해가 안 되는 것은 아니었다.

로저 역시 이자들이 왜 뜬금없이 연구실을 헤집었는지 감도 잡히지 않았으니까.

이곳이 진의 거처이자 연구실인 만큼, 여기에 대한 정보는 더욱 철저히 통제됐다.

아무런 단서도 없이 찾아낼 수는 없었을 텐데.

'아니지.'

이곳이 교단이 핵심 거점 중 하나였다는 걸 알았더라면 고작 이 정도 인원으로 쳐들어오지는 않았을 것이다.

라이오스를 필두로 한 황실 기사단 전체가 밀고 들어와도 모자란 상황.

추측건대, 이들 역시 직접 현장을 확인하기 전에는 아무것도 몰랐을 확률이 높았다.

"안 들리나? 내가 물러서라고 말했을 텐데."

그때 들려온 무심한 목소리가 로저를 상념에서 깨웠다.

진을 인질 삼아 감히 자신을 협박해 대는 견습 기사라니.

사태를 파악해야 한다는 사실조차 잠깐 잊어버릴 정도로 어처구니없는 상황이었다.

지금까지 단 한 번도 상상해 보지 못한 광경이었으니까.

결국 로저가 헛웃음을 터뜨리고 말았다.

"다 죽어 가는 놈이 입만 살았군."

"괜찮아. 아직 꼬맹이 하나 얼려 죽일 정도의 마력은 남았거든."

견습 기사는 그 젊은 나이가 믿기지 않을 정도로 침착했다.

아이러니하게도 그래서 더욱 제정신이 아닌 것처럼 보였다.

고요한 눈동자 너머에 일렁이는 것은, 분명 서리 어린 손길 이상의 냉정함과 그것을 오롯이 태워 버릴 열기…….

즉, 또 다른 형태의 광기였다.

자신이 성물을 발동하거나 검을 조금이라도 움직이는 순간, 저놈은 정말로 한 치의 망설임 없이 진을 베어 버릴 것이다.

그 결과가 어떤 참상을 초래하더라도, 심지어는 자신이 죽는 한이 있더라도 그렇게 하겠지.

결국 로저는 짧게 한숨을 내쉬고 먼저 한발 물러섰다.

"……어쩔 수 없군. 지금은 평화적으로 해결하도록 하

자. 뭘 바라나."

"납치한 사람들을 원래대로 돌려놓고 당장 꺼져. 두 번 다시는 돌아오지 마. 그러겠다고 맹세하면 이 꼬맹이를 돌려주지."

연구실을 수습하며 자료를 보존하는 것도, 호수 아랫마을 사람들을 처리하는 것도 전부 하지 말라는 뜻이었다.

"당신뿐만 아니야. 그쪽 교단의 다른 인간들도 예외는 없어. 이곳에 두 번 다시 얼씬하지 않겠다고 맹세해."

"말뿐만인 맹세를 요구하다니. 진을 죽이겠다는 기세완 다르게 상당히 순진무구하군. 그게 무슨 의미가 있지?"

"네가 모시는 신의 이름을 걸고 맹세해."

"……!"

검을 빼딱하게 쥐며 아렌트가 툭 내뱉은 말에 진이 숨을 들이켰다.

잔뜩 긴장한 채 상황을 지켜보던 이들 역시 마찬가지였다.

유난히 귀에 잘 파고드는 견습 기사의 목소리가 다시 한번 또박또박 이어졌다.

"체르니온의 이름을 걸고."

잠깐의 뜸 뒤 로저가 크게 한숨을 내쉬었다.

"……하아아."

그의 심란한 시선이 덜덜 떨며 아무 말도 못 하는 진과 그저 차분하기만 한 견습 기사에게 번갈아 닿았다.

다른 방법은 없었다.

일단 지금은 그녀를 무사히 빼내는 게 우선이었으니까.

"알겠다. 체르니온 님의 이름을 걸고 맹세하지. 나와 내 동료들이 다시 이곳에 나타나는 일은 없을 것이다. 물론 마을 주민들을 해치지도 않겠다…… 진."

"……."

잠깐 뜸을 들이던 로저가 차갑게 입을 열자 진이 심란한 듯 눈을 아래로 내리깔았다.

"……아직은 미완성이니까, 내버려 두면 차차 돌아올 거야."

끌려온 사람들을 회복시키는 방법이었다.

이것으로 모든 거래 조건이 성사되었다.

"하……."

아렌트가 검을 치우자 그제야 진이 커다랗게 안도의 한숨을 내쉬었다.

마찬가지로 순순히 검을 거둔 로저는 꼿꼿이 선 채 아렌트를 가만히 주시했다.

그를 물끄러미 마주 보던 아렌트가 한마디를 던졌다.

"왜. 잘생긴 사람 처음 보나?"

"……."

뭔가 이야기하려던 로저는 그만 입을 다물고 말았다. 그 대신 지켜보던 아서가 맥이 풀려 탄식을 터뜨렸다.

"저 미친 새끼……."

이 자리에 있는 모든 사람이 그 말에 동의할 수밖에 없었다.

하지만 그러거나 말거나 아렌트는 뻔뻔할 뿐이었다.

"빨리 꺼져. 그 변태 같은 가면을 보고 있으면 속이 안 좋아지니까."

"……듣던 대로 입이 험하군."

입술을 몇 번 달싹이던 로저는 결국 짧게 대꾸하고 아직 주저앉아 있는 진을 향해 성큼 걸음을 옮겼다.

기사들은 그의 움직임을 눈으로 쫓으며 온몸의 감각을 곤두세웠다.

하지만 로저는 정말로 약속을 지킬 생각인지, 그저 진에게 다가가 그녀를 일으켜 세울 뿐이었다.

엉거주춤 자리에서 일어난 진의 팔을 붙잡은 로저가 아렌트를 향해 한마디를 던졌다.

"언젠가 다시 만나지."

그것을 마지막으로 강한 마력이 휘몰아쳤다.

곧 처음 로저가 나타났을 때처럼, 두 사람은 순식간에 사라져 버렸다.

엉망이 된 연구실에 남은 사람은 기사들과 르웰린, 그

리고 워렌뿐이었다.

"하아아……."

갑작스러운 정적이 찾아오자 누가 먼저랄 것 없이 커다랗게 한숨을 토해 내며 제자리에 주저앉았다.

더 이상 서 있을 기력조차 남지 않았다.

아렌트 역시 마찬가지였다.

맥이 풀려 비틀대던 그는 방금까지 진이 앉아 있던 소파에 풀썩 기대앉았다.

머리가 어질어질했다.

"그렇게 보내 버려도 돼?"

"안 그랬으면 여기 있는 사람들 반은 뒈졌어."

한참만에 고개를 든 르웰린이 그렇게 묻자, 아렌트가 관자놀이를 꾹꾹 누르며 퉁명스럽게 대꾸했다.

이번에는 리히트가 물었다.

"아까 그자는 누구지?"

"가면 보면 몰라요? 교단 측 괴물이지. 우리가 도착하기 전에 진이 교단에 연통을 넣어 둔 거겠죠."

진을 살려 보내는 건 아렌트 역시 내키지 않았다.

하지만 모두가 지친 상황에서 아티팩트를 지닌 로저와 싸운다는 것은 자살행위나 다름없었다.

그나마 로저가 라이오스처럼 고지식한 인간이라 다행이지, 빈센트나 블레이크처럼 눈을 까뒤집고 달려들기부터 했다면 협상은 애초부터 불가능했을 것이다.

'지금 중요한 건 그게 아니고.'

아직 할 일이 하나 남아 있었다.

한 번 크게 숨을 몰아쉬는 것으로 호흡을 진정시킨 아렌트가 몸을 억지로 일으키고는 비척대며 르웰린 쪽으로 다가갔다.

"야, 아까 데리고 온 남자는?"

"아, 맞다! 밖에 두고 왔는데!"

그제야 르웰린이 소스라치게 놀라 펄쩍 뛰었다.

그가 리히트와 워렌을 향해 답을 요구하는 시선을 보냈다.

"어느 순간 없어졌습니다."

"현장을 정리하고 여기로 올 때 즈음엔 이미 사라졌더군."

"크윽…… 역시 튀었구나!"

두 사람의 대답에 르웰린이 탄식을 터뜨렸다.

리히트가 살며시 인상을 찌푸렸다.

"뭔가 문제라도 있었습니까?"

"아니, 쓰러져 있는 걸 발견했는데 워렌이 탐탁잖아 하더라고. 그래서 뭔가 수상하다고 생각했지. 와중에 길 안내는 제대로 해 주길래, 일단 적은 아니라고 생각했는데……."

말끝을 흐린 르웰린이 아렌트의 눈치를 살폈다.

아니나 다를까, 그렇지 않아도 상처 때문에 한층 험악해진 아렌트의 잘생긴 얼굴에 못마땅함이 잔뜩 드리워 있었다.

"쯧, 한 대쯤 두들겨 패려고 했더니."

"뭐야? 그게 누군데 그래?"

아서가 의아하게 묻자 아렌트가 짜증스레 대꾸했다.

"한 놈 있잖아요. 처음부터 일에 개입했으면서 얼굴은 코빼기도 안 비친 파충류. 그놈의 수하겠죠."

"아."

모두의 입에서 탄성이 터져 나왔다.

"그렇지 않아도 이상하다고 생각했다. 다쳐서 쓰러져 있었는데도 피 냄새가 전혀 나지 않더군."

워렌이 신음처럼 중얼거렸다.

스텔.

아렌트는 그 이름을 되뇌었다.

렉시온은 드래곤의 레어가 놈들에게 장악당했다는 것을 뒤늦게 알아차리고 아렌트 일행에게 단서를 흘렸다.

그리고 마지막 남은 양심으로 스텔을 이곳에 두고 간 거겠지.

'빚 하나 달아 뒀다.'

언젠가는 이자까지 쳐서 받아 낼 날이 올 것이다.

머리를 데굴데굴 굴리는 아렌트를 가만히 응시하던 리

히트가 운을 뗐다.

"수습해야 할 일이 많지만, 일단은 돌아가서 휴식하자. 다들 꼴이 엉망이군."

"완전 찬성입니다. 지금 손가락 까닥할 힘도 없습니다."

아서 역시 엄살인지 진담인지 모를 앓는 소리를 냈다.

전투가 마무리된 연구실은 성한 곳 하나 없이 엉망이었다.

하지만 만신창이가 된 것은 일행 역시 마찬가지였다.

넝마가 된 동료들을 힐끗 본 아렌트가 고개를 내저었다.

사태가 일단락됐으니 이제는 한숨 돌릴 차례였다.

2장. 옛날이야기가 멋진 이유

옛날이야기가 멋진 이유

올라갈 때의 개고생에 비해서 돌아오는 길은 허무할 정도로 수월했다.

일행이 사라졌던 가족들과 함께 돌아오자, 오매불망 그들을 기다리던 마을 사람들이 맨발로 뛰쳐나왔다.

"세상에, 이게 다 무슨 꼴…… 아이구, 여보!"

너덜너덜한 이들의 꼬락서니에 놀란 그들은 일행이 데려온 가족들의 상태를 보고 다시 한번 기겁했다.

직접 보냈던 이들이 백치가 되어 돌아왔으니, 속이 썩어 문드러지는 것은 당연한 일이었다.

리히트는 그들에게 정신 나간 연구자가 마을 사람들을 실험체로 쓰기 위해 데려간 거고, 산에는 이상한 괴물이 득실거린다는 간략한 설명을 전해 주었다.

셀릭이 제 역할을 충분히 이행했는지 사람들을 설득하는 데 쓸데없는 힘을 빼지 않아도 되어서 참 다행이었다.

입산하기 전, 아렌트는 형을 되찾아 주는 조건으로 꼬마에게 두 가지를 요구했다.

하나는 형이 늘 지니고 다니던 물건을 가져다줄 것.

그리고 또 나머지 하나는, 해가 뜨자마자 일행들이 황실 기사단 소속임을 마을에 알리는 거였다.

혹시나 다른 이들이 믿지 않을 것을 대비해 아렌트는 자신의 기사 신분패까지 빌려주었다.

혹여나 주민들이 그들의 뒤를 쫓아 산에 들어올까 봐 취한 조치였다.

덕분에 그들이 자리를 비운 사이, 이 평화롭고 작은 마을은 발칵 뒤집어지고 말았다.

피해자들을 가족들에게 인계한 뒤 일행은 대충 응급 처치를 받고 여관으로 돌아가 각자 침대에 몸을 던졌다.

해야 할 일이 태산 같았지만 정말로 손가락 하나 까닥할 기운도 없었으니까.

그리고 다음 날 오후, 리히트는 라이오스에게 통신으로 그간 있었던 일을 보고했다.

…….

리히트의 이야기를 듣는 내내 단장은 계속 침묵했다.

그리고 마침내 통신구 너머에서 깊은 한숨이 터져 나왔다.

- 하아아…… 간단한 조사나 해 보라고 내보냈을 뿐인데…….

"……."

단장이 앓는 소리에 리히트는 백 번 공감할 수밖에 없었다.

발걸음 닿는 곳마다 대형 사고라니.

이쯤 되면 아렌트가 신에게 사랑받는 건지, 아니면 지독하게 미움받는 건지 모를 일이었다.

마지막으로 한숨을 푹 내쉰 라이오스가 화제를 돌렸다.

- 그래서, 중간에 난입한 남자의 신원은 알아낼 수 있겠나?

"빈센트와 블레이크처럼 가면을 뒤집어쓰고 있어서 체격과 성별 외에는 판별하기 어려웠습니다. 죄송합니다."

- 아니다. 하지만 제압하는 것보다 협상을 택했다는 것을 보아하니…… 만만한 상대가 아니었던 모양이군.

잠깐 뜸을 들이던 라이오스가 진지하게 덧붙였다.

리히트의 낯빛 역시 어두워졌다.

"제 판단 역시 그렇습니다. 존재감이 남다른 남자였습니다. 다들 지쳐 있던 그 상태로 검을 마주했다면 승리를 장담할 수 없었을 겁니다."

하지만 그보다 더 섬뜩했던 건, 진을 인질로 잡고 남자를 협박하던 아렌트의 모습이었다.

'……정신 건강에 해로워.'

두 번 다시 보고 싶지 않은 꼴이었다.

언제나 시선을 사로잡는 황금색 눈동자에 잔인한 살기가 감도는 모습은 아마 한동안 잊기 어려울 것이다.

그 순간 아렌트는 골치 아픈 견습 기사가 아니라, 마치 손끝만으로 수십 명을 가볍게 죽일 수 있는 살인마처럼 보였다.

수틀리면 진을 죽여 버리고 자신도 죽겠다던 말이 진심이 아님을 알면서도, 리히트는 한순간 그 비정상적인 살기에 압도당하고 말았다.

아마 그 자리에 있던 다른 이들 역시 마찬가지였겠지.

- 리히트? 문제라도 생겼나?

"아무것도 아닙니다."

라이오스가 의아하게 부르는 목소리에 리히트가 퍼뜩 정신을 차렸다.

- 다들 부상은 괜찮나?

"큰 문제는 없습니다만, 당분간 병가가 필요할 것 같습니다. 특히 아렌트는 마력을 운용하지 않는 편이 좋을 듯합니다."

지금 아렌트의 꼴을 떠올리고 심란해진 리히트가 한숨을 푹 내쉬었다.

애송이 주제에 무시무시한 기백으로 판을 휘어잡았던 놈은 현재 도롱이 벌레 같은 꼴로 침대에 처박혀 있었다.

내상 때문에 몸이 으슬으슬하다면서도 꾸준히 탈출을 시도하려던 녀석은, 결국 아서와 르웰린에게 욕을 바가지로 얻어먹고 여관의 가장 좋은 방에 감금당했다.

그 후에도 끊임없이 투덜거리기에 군것질거리를 잔뜩 넣어 준 뒤 르웰린에게 감시를 부탁한 상황이었다.

지금은 르웰린과 대화를 나누는 건지 퍽 조용해졌지만.

'그런 걸 보면 애새끼가 맞는데.'

뚱한 얼굴을 하면서도 과자를 받아 들던 꼴이 웃기지도 않았다.

- ……그렇다고 해서 그놈이 얌전히 있을 것 같지는 않은데.

"예, 하아아…… 방 안에 처박느라 꽤 힘들었습니다."

리히트의 한숨에서 뭔가를 읽어 낸 라이오스가 심심한 위로를 건넸다.

- 고생이 많군.

"아닙니다. 제가 응당 해야 할 일이니까요."

- ……그래, 어쨌든 적 중에 엘프가 있었다고 했지. 심지어 정체불명의 괴물들을 만들어 낸 장본인이라고?

"예, 그렇습니다. 르웰린 왕자님의 말씀대로라면 숲에

터를 잡고 사는 종족과 외견이 아주 흡사하다고 합니다."
- 알겠다. 황태자 전하께 그리 보고드린 뒤 자체적으로 조사를 시작하지. 슈타들러 백작님 일행과 기사들이 이미 출발했으니, 거기에서 쉬다가 교대하고 복귀하도록.

"예, 알겠습니다."

그것으로 통신이 끝났다.

리히트는 수정구를 갈무리하고는 앉아 있던 의자에 몸을 쭉 기댔다.

결계가 파괴되었으니 혹여 남은 괴물들이 마을까지 내려올지도 모를 일이었다.

아서는 로드릭과 켄, 워렌을 데리고 순찰에 나섰다.

마을의 소란도 어느 정도 안정되었고 상태가 이상해졌던 사람들도 가만히 내버려 두면 차차 돌아온다고 하니, 그들이 여기에서 더 할 것은 없었다.

한숨 돌릴 틈이 생기니 그제야 뒤늦은 막막함이 덮쳐왔다.

하지만 리히트는 금세 마음을 다잡았다.

'감상에 빠질 시간은 없다.'

싸워서 이 제국과 루체 신의 영광을 지켜 낸다.

적이 얼마나 강하든 자신들이 해야 할 일은 그것 하나뿐이었다.

* * *

"엘프란 놈들은 원래 자연에 꼭꼭 숨어서 사는 거 아니었어?"

침대에 엎드려 이불을 뒤집어쓴 채 과자를 집어 먹던 아렌트가 불쑥 물음을 던졌다.

그러자 맞은편 의자에 걸터앉아 있던 르웰린이 투덜거렸다.

"그래서 이해가 안 된다는 거야. 보통 그 정도면 나라 밖으로 나가는 것도 금지되어 있을 텐데."

정체불명의 괴물들을 뚫은 끝에 나타난 것이 어린 엘프였다는 게 그에게는 어지간히도 충격인 모양이었다.

쿠키 하나를 더 입에 쏙 넣은 아렌트가 물었다.

"보통 엘프가 몇 년이나 살지?"

"평균적으로는 350살에서 400살 정도래. 하지만 대전쟁 당시에 장로들이며 중추가 되던 이들이 모두 전사하고 남은 이들끼리 새로 나라를 꾸린 거라, 지금 엘프 중에서는 노년기에 접어든 이들은 없어."

거기까지 말한 르웰린이 잠깐 뜸을 들이다 덧붙였다.

"즉, 우리에게는 먼 과거인 대전쟁이 그들에겐 고작 한 세대도 지나기 전의 일이라는 뜻이지."

그때 부모 형제들을 잃은 엘프들이 지금 일족을 이끌고 있었다.

"그럼 저쪽에는 전쟁에 관한 기록이 어느 정도 남아 있는 거 아냐?"

"나도 궁금해서 물어봤는데 아니라고 하더라. 전사들을 내보내고 나서는 나라를 완전히 폐쇄했대. 전쟁 막바지에는 각 종족마다 딱 한 명씩만, 남은 아이들을 이끌 사람을 남겨 두고서 모두가 출전했다고 들었어."

삐딱하게 앉은 르웰린이 고개를 기울였다.

"지금 숲 종족 엘프들 중 제일 나이가 많은 분은 192세인 걸로 알아. 그마저도 아직 장년층에 속하지."

"전쟁 때 몇 명은 마을에 남았다면서?"

"그렇긴 한데, 모두 돌아가셨다고 들었어. 나도 엄연히 외부인이라 정확한 사정은 못 들었지만…… 어쨌든 지금 엘프족 중에 전쟁을 직접 겪은 사람은 없어."

"흐음."

언젠가 칸타레스와도 비슷한 대화를 나눈 적 있었다.

'200살 넘은 엘프가 없다고 했던가.'

어쩐지 묘한 위화감이 들었다.

인간계에도 전쟁에 관한 기록은 거의 없다시피 했고, 영웅 칸의 직계 후손인 황실에만 알음알음 악신교의 존재가 전해 내려왔을 뿐이었다.

전쟁통에 많은 것이 소실되고 세대가 몇 대나 바뀌었으니 그럴 수도 있으리라 여겼다.

하지만 오랜 세월을 사는 엘프 역시 사정이 마찬가지라니.

"넌 또 표정이 왜 그래?"

"……아니, 아무것도."

"그래도 기록 정도는 남아 있지 않을까? 함부로 바깥에 내보이지는 않겠지만. 전쟁 때 거의 종족이 멸종할 뻔하면서 외부와의 교류를 더욱 철저히 단속하기 시작했거든."

과연 르웰린은 이곳저곳을 돌아다닌 탐험가답게, 희귀한 정보에 대해서도 꽤 자세히 알고 있었다.

아렌트가 다시 질문을 던졌다.

"그 진이라는 녀석을 만난 적은?"

"단 한 번도 없어. 그런데도 저쪽이 날 알아봤다는 게 상당히 불가사의한데…… 먼발치에서 스쳐 지나갔을 수도 있긴 해."

마찬가지로 르웰린 역시 그 점이 걸렸는지 인상을 찌푸렸다.

"내가 마지막으로 그쪽을 방문한 게 벌써 3년 전이야. 어쩌면 그때까지는 엘프 나라 안에 남아 있었던 걸지도 모르지."

"그 녀석의 전임 연구자인 빈센트랑도 직접 만나지 못했다는 식으로 이야기했으니까…… 진이 교단에 합류한 건 극히 최근의 일일지도."

여기까지 이야기가 나오니 자연스레 한 가지 가정이 세워졌다.

혼자서 꽤 오랫동안 괴이한 연구를 이어 오던 진을 교단이 받아들인 것이다.

르웰린이 심각하게 중얼거렸다.

"알아볼 필요가 있겠어. 마지막에 나타난 그 괴물도 마음에 걸리고. 지금까지 계속 사방을 돌아다녔지만 그런 건 듣도 보도 못했다고."

"어쩔 수 없지. 또 슈타들러 백작님을 들들 볶을 수밖에."

이번에도 어떻게든 사태를 수습하긴 했지만, 자꾸 수수께끼가 늘어가고 있었다.

그런 확신이 들었다.

괴물은 마지막 순간에 위협을 느끼고 도망쳤을 뿐, 아직 죽지 않았다고.

진과 로저가 사라진 뒤 괴물이 소환됐던 자리를 한 번 더 샅샅이 수색했지만, 아무런 흔적도 남아 있지 않았다.

아마 진을 따라갔겠지.

물리적 공격을 가할 수 있지만, 자기 자신은 물리 피해를 어느 정도 상쇄하는 건 물론이고 형체도 자유자재로 바꿀 수 있다니.

도대체 정체가 뭔지 감도 잡히지 않았다.

여기에 갑자기 나타난 로저까지.

복잡해지는 생각에 아렌트는 괜히 머리를 몇 차례 북북 긁었다.

"하루빨리 렉시온이랑 그 망할 놈의 책을 찾아내는 게 좋겠네."

오래전의 대전쟁, 그리고 온갖 수수께끼의 힌트를 쥐고 있는 자는 역시 렉시온뿐이었다.

부하를 보내 간접적으로 도움을 주며 사람들을 지켜 내기도 했으니 그를 완전히 적이라고 속단하는 것도 아직 이르긴 했다.

르웰린이 어처구니없다는 눈빛을 보냈다.

"너는 이렇게 험한 꼴을 당하고 벌써 그런 소리가 나오냐? 네 선배들이 왜 그렇게 학을 떼는지 너무 잘 알겠네."

"꾸물대는 것보다야 발 빠른 게 낫지. 따지고 보면 이렇게 개고생한 것도 다 그 빌어 처먹을 파충류 새끼 때문…… 에취!"

퉁명스럽게 돌아온 대꾸의 끝에 거창한 재채기가 터져 나오자 르웰린은 더욱 황당한 얼굴이 되고 말았다.

"지금은 설치지 말고 잠이나 자, 미친놈아!"

"쿵. 그래도 단서는 어느 정도 건졌으니까 됐어."

하지만 아렌트는 늘 그랬듯 들은 척도 하지 않았다.

"질베르테라는 인물이 실존한 것도 확인했으니, 이 호수의 드래곤 레어를 샅샅이 뒤져 보면 뭐든 더 나오겠지."

"진짜 지독한 놈……."

잠깐의 뜸 뒤, 아렌트가 먼저 입을 열었다.

"너, 지금 다른 일정 없지?"

"퍽이나 없겠다. 네가 시킨 일 때문에 바빠서 죽겠거든? 연합 일도 해야 하고……."

"잘됐네. 그럼 잠깐 황궁으로 같이 돌아가자."

"너 내 말 듣고는 있냐?"

"당연히 안 듣고 있는데."

"아아악, 열받아!"

결국 르웰린이 발광하기 시작했다.

그 꼴을 흡족하게 지켜보며 아렌트는 과자를 하나 더 입에 던져 넣었다.

마음에 들지 않는 일들투성이였지만, 그래도 한 가지 위안을 찾자면 이런저런 단서를 많이 얻었다는 거였다.

황궁으로 돌아가자마자 해야 할 일이 태산이었다.

* * *

"……그래서 영문도 모른 채 황궁까지 동행했다고요?"

"넵. 오랜만에 뵙습니다, 황태자 전하."

아렌트 옆에서 고개를 꾸벅 숙이는 르웰린을 가만히 보고 있자니 칸타레스는 가슴이 답답해졌다.

칼리온 제국의 모든 역사를 다 뒤져 봐도, 타국의 귀빈을 이런 식으로 맞이한 경우는 아마 없을 것이다.

칸타레스는 꾹꾹 미간을 누르며 다시 입을 열었다.

"오시는 길에 연락이라도 주셨다면 맞이할 준비를 했을 텐데요."

"에이, 저희 사이에 무슨. 괜찮습니다! 저는 맨바닥에서도 잘 잡니다. 수상한 사람 취급받는 것도 익숙하니 신경 쓰지 마십쇼! 하하하!"

"하아아……."

르웰린과 아렌트가 허물없이 지내기로 했다는 건 전해 들었다.

하지만 이런 사태는 미처 예상하지 못했다.

긴 여정 동안 꾀죄죄해진 몰골 그대로 입성하려던 일행의 앞을 근위병들이 막아선 것이다.

다행히 근위병이 기사들의 얼굴을 알아봤지만, 르웰린은 신분 확인이 안 된다는 이유로 하마터면 내쫓길 뻔했다.

딱히 이상한 일은 아니었다.

명목상 휴가를 떠났던 기사들과 함께 돌아온 사람이 에

버란 왕국의 3왕자라니.

심지어 품위라고는 찾아볼 수 없을 정도로 꾀죄죄한 모습에 리히트는 근위병을 설득하느라 꽤 애를 먹었다.

어찌어찌 입성에는 성공했지만, 르웰린 왕자가 갑자기 방문했다는 소식이 퍼지자 황궁 사용인들은 한바탕 난리가 날 수밖에 없었다.

그런 소동까지 벌어진 상황에서, 그들에게 칸타레스가 고운 말을 할 수 있을 리가 없었다.

"아렌트는 그렇다 치고. 리히트 경, 아서 경. 그대들이라도 언질을 줬으면 좋았을 텐데."

"……송구합니다. 깜빡했습니다. 너무 편안하게 계시던 나머지."

"리히트 경, 그게 지금 할 소리야? 다른 사람이면 몰라도 리히트 경까지 그럴 거야?"

리히트가 더욱 깊이 고개를 숙였다.

아서 역시 애써 바닥을 보며 딴청을 피우는 중이었다.

그래, 이들에게 무슨 죄가 있을까.

모든 원흉은 따로 있는데.

칸타레스의 곱지 않은 시선이 아렌트에게 향했다.

하지만 그는…….

"왜 절 보시는데요? 별것도 아닌 걸로 다들 호들갑은."

역시나 뻔뻔했다.

칸타레스는 뻐딱하게 서서 저런 말이나 지껄이는 놈을 한 대 때려 주고 싶은 충동을 꾹꾹 눌러 담았다.

'애초에 때린다고 맞을 놈도 아니고.'

멀쩡하게 서 있는 것 같지만, 심하게 다쳤다는 걸 안 이상 더 잔소리할 마음도 들지 않았다.

"하아아…… 왕자, 다른 동행들도 있다고 들었습니다만."

"워렌은 노이만 상단에 잠깐 들렀고, 다른 두 사람은 슈타들러 백작의 조사관들과 함께 현장에 두고 왔습니다. 협업하면 효율이 좋을 것 같아서요."

한숨을 푹 내쉬며 칸타레스가 화제를 돌리자 르웰린이 씨익 웃으며 대답했다.

"대신 알아낸 정보는 전부 공유하기로 했습니다만, 괜찮으시겠지요?"

"물론 괜찮습니다. 편하신 대로 하세요."

황태자가 선뜻 고개를 끄덕이자 기분이 좋아진 르웰린이 오는 길에 로드릭에게 보고받은 내용을 줄줄 늘어놓기 시작했다.

"결계를 걷어 내고서 내부를 샅샅이 조사했는데, 역시 드래곤 레어 위에 놈들이 자기들 연구소를 세운 거라고 합니다. 호수 아래의 동굴과 레어가 연결되어 있다고 하더군요. 아마 과거에는 수룡이 살았겠죠."

드래곤 레어가 발견된 것은 아주 오랜만이었다.

놈들이 연구실을 지으며 상당 부분을 파괴했지만, 그렇다고 해서 레어 자체의 가치가 떨어지는 것은 아니었다.

"숨겨진 공간도 하나둘씩 발견되는 중이니, 아마 조만간 레어 전체의 구조도 파악할 수 있을 것 같습니다."

"슈타들러 백작님도 미친 엘프가 남겨 둔 자료들을 상당수 확보했대요. 당장 읽을 수 없는 것들도 꽤 많고 대부분 번역 작업이 필요하지만, 그래도 꽤 큰 수확이죠."

거기에 아렌트 역시 첨언했다.

갑작스레 로저가 난입한 바람에 진을 놓치고 말았지만, 그래도 꽤 괜찮은 수확이었다.

새로운 자료들이 쏟아지는 상황에서 슈타들러 백작은 완전 신바람이 난 것 같았다.

"피해자들도 차차 원래대로 돌아오고 있답니다. 면담해 본 결과, 지능이나 인지력, 기억은 무사하지만 감정 중 일부를 잃어버린 것 같다고 하던데…… 처음 보는 주술의 흔적이 남아 있었다더라고요."

"주술이라고?"

"네, 몸에 문양이 새겨져 있었대요. 처음 발견했을 때도 상당히 흐려진 상태였는데, 시간이 지날수록 옅어지고 있답니다. 아마 그 문양이 주술의 매개일 것 같다고 하시더라고요."

칸타레스가 의아하게 묻자 아렌트가 간단히 고개를 끄덕여 주었다.

"그게 사라질수록 사람들도 원래 상태로 돌아오고 있다는 거지?"

"넵, 다행히도 되돌릴 수 있는 단계였다는 것 같아요. 백작님도 처음 보는 문양이라고 하셨고, 이놈도 잘 모른대요."

이놈으로 명명된 르웰린이 머쓱하게 웃었다.

"루미엘 대신관님은 뭔가 아실지도 모르니, 나중에 조언을 구하기로 했습니다."

"……왕자는 정말 괜찮은 겁니까?"

결국 칸타레스는 애써 무시하던 문제를 다시 꺼내고야 말았다.

에버란 왕국의 왕자씩이나 되어서 새파란 견습 기사에게 이놈 저놈이라 불리는데도 그는 아무런 타격이 없어 보였다.

"네? 뭐 문제라도 있습니까?"

"아닙니다, 아무것도."

하지만 정작 본인은 황태자가 무슨 말을 하는지도 이해하지 못하고 어리둥절하게 되물을 뿐이었다.

심지어는 리히트와 아서까지 전혀 문제를 깨닫지 못하고 있었다.

'글렀군.'

결국 칸타레스는 깔끔하게 포기하기로 했다.

언젠가 에버란 왕국 측에 사과의 의미를 담아 소소한 선물이라도 보내야겠다는 다짐만 속으로 할 뿐이었다.

"어쨌든 지금 중요한 건 그게 아니에요. 파헤치는 건 백작님께 맡겨 두고 우린 다른 곳에 집중해 보죠."

쿵, 황태자의 책상을 가볍게 두드리며 아렌트가 자신에게 시선을 모았다.

"중요한 건 이 세 가지예요. 첫 번째, 엘프가 왜 그쪽에 있는가. 두 번째, 드래곤 레어의 존재를 놈들이 어떻게 알았는가. 그리고 세 번째, 렉시온이 왜 굳이 그런 귀찮은 짓까지 하면서 우릴 휘둘렀냐."

"그렇지. 심지어 아직 성년도 되지 않은 엘프였다면서?"

칸타레스 역시 사태를 보고받은 다음 가장 신경 쓰던 부분이었다.

"엘프 인구는 적으니, 마음만 먹으면 일족에서 퇴출당하거나 도망친 게 누구인지 알아낼 수는 있을 테지만……."

"하지만 문제는 엘프들이 순순히 협조하지 않을 거란 점이에요."

르웰린이 어조를 진지하게 바꿔 말했다.

"왕자도 그렇게 생각합니까?"

"네, 황태자 전하께서는 엘프 사회를 잘 아십니까? 칼리온 제국도 엘프 왕국과 무역을 이어 오고 있다고 아는데요."

"저는 자세히는 모릅니다. 외교는 폐하께서 담당하시고, 저 역시 먼 옛날에 사신으로 찾아온 엘프들을 딱 한 번 만나 본 게 다라서요."

"칼리온 제국과 교류하는 게 2왕국이던가요?"

엘프들의 나라는 인간의 국가와는 조금 달랐다.

전쟁 후 살아남은 엘프들이 모여들어 사회를 이룬 곳을 편의상 '왕국'이라 부를 뿐, 엘프들 사이에서도 별다른 국명은 없었다.

과거 지역별로 번호를 지정해서 명명하던 것이 지금껏 계승된 것이다.

"네, 그렇습니다. 하지만 이전에도 말했다시피 그리 활발한 교류는 하지 않습니다. 단지 제국에서 생산되는 물품과 엘프 왕국에서만 생산되는 약초며 공예품들을 무역으로 교환할 뿐입니다."

"그렇군요. 하긴 대부분 그런 느낌이죠."

"왕자께서는 왕국들을 전부 방문해 보신 겁니까?"

"네! 지도에 표시된 곳은 다 한 번씩 둘러봤습니다. 왕국 바깥의 마을도 몇몇 안내받았어요. 거기서 친해진 장로님이 호의를 베풀어 주셨거든요."

칸타레스의 물음에 르웰린이 의기양양하게 고개를 끄덕였다.

인간을 배척하는 엘프들 사이에서 인정받았다는 것은 정말 대단한 일이었다.

"이 정도쯤 되니까 저 성격파탄자랑 친구 하시는 거 아닐까요?"

"아서 경, 차라리 엘프 장로님이랑 친해지는 쪽이 더 쉬워."

아서와 농담을 주거니 받거니 한 르웰린이 다시 화제를 돌렸다.

"어쨌든, 그 엘프의 출신을 알아내는 것도 가능할지도 모릅니다. 엘프 사회는 좁으니까요."

"그쪽은 그러면 왕자께 부탁드리겠습니다. 사실 일전에 제국에서 2왕국 측에 서신을 보냈는데 아직 답신을 받지 못했거든요."

그건 처음 듣는 이야기였다.

아렌트가 의아하게 물었다.

"무슨 서신이요?"

"왜, 악신교가 막 발발했을 무렵 말야. 인간의 일만이 아니니 그쪽에도 알려야겠다고 했잖아. 그때 폐하께서 서신을 보내셨는데 반응이 없더라고."

그 당시 엘프 왕국으로 들어가는 물품과 함께 서신을 보냈지만, 그게 전달이 제대로 되었는지도 확인하지 못하는 상황이었다.

"그때는 사태가 이렇게까지 심각하지는 않았으니 그러려니 했는데…… 엘프가 엮인 이상 어떻게든 그쪽과 연락할 방법을 찾아야 해. 그러니 왕자, 부탁해도 되겠습니까?"

"물론입니다. 사태가 사태인 만큼 얼마든지 협조해야죠. 도대체 어쩌다가 숲 종족 아이가 그놈들 틈에 끼게 된 건지도 의문이고."

르웰린이 선뜻 고개를 끄덕였다.

일단 첫 번째 문제는 이 정도로 정리해 둘 수 있을 것이다.

그리고 두 번째.

"놈들이 어떻게 그 호수 속 드래곤 레어의 존재를 알았는가…… 우연일 수도 있지만, 그럴 가능성은 크지 않지."

"그쪽 교단에 전쟁 이전 시대의 정보를 전승해 주는 존재가 있는 거예요."

아렌트가 툭 내뱉자 칸타레스가 살짝 미간을 찌푸렸다.

"아마 그렇겠지. 하지만 그건 지금 와서 새삼스럽게 짚을 문제는 아닌 것 같은데?"

교단이 과거 잃어버린 정보를 지녔다는 건 이미 진즉 알고 있던 사실이었다.

전쟁통에 유실되거나 금지되었던 온갖 기술들이 다 끌려 나오는 판이었으니까.

팔짱을 낀 아렌트가 삐딱하게 서서 덧붙였다.

"그렇죠. 무엇보다 저쪽에 드래곤이 있다는 게 확실해졌으니까요. 전쟁 시대의 생존자인 드래곤이 파기된 것들을 손에 쥐고 지금껏 숨죽이고 있다가 다시 신자를 모아 교단을 만들었다…… 뭐, 대충 이런 흐름이겠죠. 하지만 그래서 더 이상하다는 겁니다."

거기까지 듣자 다른 이들 역시 아렌트가 무슨 말을 할지 슬슬 짐작할 수 있었다.

"이건 단순히 제 추측일 뿐이지만, 그래도 일단은 짚고 넘어가면 좋을 것 같아서요."

"그거 아냐? 네가 그런 식으로 이야기할 때마다 단순히 추측으로 끝난 적이 없었단 거."

"어쩌겠어요. 제가 너무 잘난 탓인데."

"리히트 경, 저놈 한 대만 때려 줘."

"죄송합니다, 전하. 저도 쉽지 않습니다."

헛소리가 자연스럽게 한바탕 지나간 뒤 아렌트가 다시 운을 뗐다.

"당시 전쟁에서 이긴 건 분명 칼리온 제국의 초대 황제 폐하, '영웅 칸'과 루체 신의 군단이었어요. 하지만 저희에겐 영웅 칸이 멋지게 승리했다, 이외의 기록은 거의 남지 않았잖아요. 이것마저도 겨우겨우 고서적들을 뒤져서 몇 개 찾아낸 게 다지."

"……그렇지."

칸타레스가 떨떠름하게 고개를 끄덕였다.

지금껏 누구도 의문을 제기하지 않은 부분이었다.

하지만 저 골치 아픈 견습 기사는 그 문제를 굳이 도마 위에 올려놓았다.

평소와 다름없는, 재수 없고 무심한 목소리로 그가 덧붙였다.

"그 점에 대해서 객관적으로 토론이나 좀 해 봤으면 좋겠다, 싶어서요."

그들은 자연스럽게 긴장할 수밖에 없었다.

아렌트가 저런 식으로 말해서 좋은 꼴을 본 적이 단 한 번도 없었으니까.

그렇다고 해서 거부권이 있는 것도 아니었다.

결국 칸타레스가 크게 한숨을 푹 내쉬며 먼저 운을 뗐다.

"무슨 말이 하고 싶은데?"

"별거 아니니까 그냥 흘려들으세요. 왜들 그렇게 쫄고

그래요? 없어 보이게."

하지만 그 각오가 무색하게 돌아온 것은 퉁명스러운 타박뿐이었다.

주머니에 손을 푹 찔러 넣은 아렌트가 뜬금없는 질문을 던졌다.

"전쟁이 끝난 뒤, 체르니온 교에 대한 기록을 없애기로 한 게 누구라고 생각하세요?"

"뭐?"

영문 모를 말에 황태자가 눈썹을 살짝 휘었다.

"그야……."

"초대 황제 폐하께서 전쟁 직후에 시행하신 거라고, 다들 어렴풋이 그렇게 생각하는 거죠?"

칸타레스가 막 답하려던 순간, 아렌트가 먼저 선수를 쳤다.

칸타레스가 떨떠름하게 고개를 끄덕였다.

"아무래도 그렇지."

다른 이들 역시 같은 생각인지 이견을 내지 않았.

르웰린과 두 기사는 아렌트가 무슨 이야기를 꺼내려는지 감도 안 잡힌다는 얼굴로 그를 바라보고 있었다.

"잠깐 돌이켜 보죠. 일이 터지기 전, 악신의 존재를 제대로 인지하고 있던 건 칼리온 제국의 황실뿐이었어요. 다른 곳에선 칼리온 제국의 초대 황제, 영웅 칸이 악신과 싸워 세상을 지켜 냈다…… 이 정도의 이야기가 전해질 뿐이었잖아요?"

"그랬지."

굳이 대답을 구하는 듯한 어조에 이번에도 칸타레스는 고개를 끄덕일 수밖에 없었다.

"초대 황제 폐하께서 남기셨다는 그 기록에, 일부러 악신의 존재를 지웠다는 내용도 있었어요?"

"어?"

예상치 못한 질문에 칸타레스가 얼빠진 소리를 냈다.

아렌트는 무슨 생각을 하는지 모를 눈으로 가만히 황태자를 응시하기만 했다.

마치 확답을 바라는 것처럼 무표정한 얼굴이었다.

본능적인 거부감 탓에 목소리가 턱 끝에 걸린 듯 황태자의 속이 답답해졌다.

하지만 조용히 대꾸를 재촉하는 견습 기사의 눈길을 이기지 못한 칸타레스는 진실을 말할 수밖에 없었다.

"아니, 그리고 보면 악신의 존재를 지우라는 명령을 내린 주체는 정확히 명시되어 있지 않았어."

"그렇…… 습니까?"

르웰린이 얼떨떨하게 묻는 말에 칸타레스가 답을 내주었다.

"'악신, 체르니온의 존재는 이 세상에서 지워졌으며,

옛날이야기가 멋진 이유 〈71〉

비극을 되풀이하지 않기 위해 후대에 이 기록을 남긴다.'
책은 이런 서문으로 시작합니다."

확실히 이 문장만으로는 기록 말소를 명령한 게 영웅 칸인지, 그 이외의 존재인지 명확히 구분하기 힘들었다.

하지만 르웰린은 쉽게 납득하지 못했다.

"그렇지만 그때 영웅 칸, 초대 황제 폐하의 뜻을 거스를 수 있는 사람은 존재하지 않았을 텐데요……?"

"인간 중에서야 그렇겠지. 하지만 그때는 체르니온 교에 맞서기 위해 여러 종족이 연합한 상태였으니, 외압이 전혀 없었을 거라고 확신할 수는 없어."

삐딱하게 선 아렌트가 대꾸했다.

"초대 황제 폐하께서 기록을 남기신 건, 언젠가 또 벌어질지 모를 전쟁에 대비하기 위해서죠. 이것 하나만은 바뀌지 않는 진실이라고 친다면, 약간의 모순점이 발생해요."

"모순이라면 어떤 걸 말하는 거지?"

이번에 물음을 던진 건 리히트였다.

"이후 세대에게 악신교의 위험성을 알리려면 온갖 시시콜콜한 것까지 전해 줘야 정상이에요."

아렌트는 손가락을 꼽으며 차분하게 말을 이었다.

"놈들이 나타날 징조가 뭔지, 어떻게 하면 사람들 사이에 숨어든 악신교를 구분할 수 있는지, 약점은 뭔지, 놈들이 사용하는 전술이 어떤 건지…… 한 번 싸워 봤던 상대인 만큼 남길 정보는 끝도 없을 겁니다."

"……."

"세상은 체르니온 교의 손에 거의 한번 멸망할 뻔했어요. 그러면 앞으로도 어떻게든 놈들을 박멸할 방법을 강구해야지, 전쟁이 끝났답시고 파묻어 버릴 문제는 아니잖아요."

하나하나 타당한 말이었다.

적당히 흘려들으라 말한 아렌트였지만, 그들은 어쩔 수 없이 귀를 기울일 수밖에 없었다.

"후대에 단서를 남기려 하신 만큼, 초대 황제 폐하께서도 이 사실을 알고 계셨을 거예요. 그런데도 직접 기록 말살을 명령하셨을까요?"

"……."

"기록이 없어진 시점이랑, 초대 황제 폐하께서 책을 남기신 시점이 거의 같잖아요. 초대 황제 폐하께서 말년까지 검을 놓지 않으셨다는 이야기가 사실이라면, 그때 벌써 노망이 들지는 않으셨……."

"야, 야야야야!"

주절주절 이어지는 말을 듣던 아서와 리히트가 기겁하며 아렌트의 입을 틀어막으려 달려들었다.

"잘 나가다가 왜 또 지랄이야, 새꺄! 황태자 전하 계시잖아, 여기!"

"아렌트, 입. 입. 제발. 제발 부탁이니 입 좀 다물어라, 제발!"

"아, 진짜 귀찮게 구네."

선배들의 우악스러운 손길을 익숙하게 피하며 아렌트가 덧붙였다.

"어쨌든, 기록 말살을 결정한 게 초대 황제 폐하가 아니라면 판이 크게 달라질지도 모른다고요."

"너는 진짜…… 이런 말을 어떻게 별거 아니라고 할 수가 있냐?"

골이 지끈거리는 느낌에 칸타레스는 관자놀이를 꾹꾹 눌렀다.

"말 나온 김에 묻지. 그래, 갑자기 이런 터무니없는 소리 떠올린 연유가 뭔데?"

"처음부터 의아하긴 했어요. 악신교가 다시 등장할 걸 걱정하셨으면서도, 왜 단서를 이것밖에 안 남겨 두셨는지 좀 궁금했거든요."

아렌트가 습관처럼 어깨를 으쓱했다.

"칼리온 제국 건국기는 초대 황제 폐하, 영웅 칸이 주인공인 영웅 서사 형태로만 남아 있잖아요. 교묘하게 그 실체가 가려진 채로."

"실체가 가려졌다는 건 또 뭐야?"

"예전에 전하와도 꽤 길게 대화한 것 같은데요. 살아남았으니 영웅이 되는 거지, 처음부터 영웅으로 타고나는 사람은 없다고."

"……."

뭐라 더 말하려던 칸타레스가 입을 다물었다.

완전히 발언권을 장악한 아렌트가 느긋하게, 하지만 또박또박 이야기를 이어 갔다.

"살아남는 과정이 마냥 아름다웠을 리 없어요. 더럽고 치사하고 추악할 때도 당연히 있었겠죠. 하지만 그런 건 모조리 생략되어 버리고, 영웅 칸이 악적과 싸워서 이겼다…… 지금까지 이것 하나만 정설로 내려왔던 거잖아요."

"……."

"옛날이야기가 멋진 이유가 뭔지 아세요? 완전히 패배한 적은 두 번 다시 나타나지 않고, 완벽한 승리를 거둔 주인공은 대대손손 평화와 행복을 누리기 때문이에요."

아렌트가 차갑게 덧붙였다.

"그런데 여긴 설화 따위가 아닌 현실이죠."

결국 적은 다시 기어 나왔고, 이쪽은 놈들의 실체조차 제대로 파악하지 못해서 어리둥절해하는 판이었다.

"멋진 이야기로 끝내는 건 이미 물 건너갔으니, 현실적으로 생각해 보자고요."

"네가 무슨 말을 하고 싶은 건지 대충 알겠어."

묵묵히 듣기만 하던 르웰린이 운을 뗐다.

"초대 황제 폐하께선 기록을 없애는 걸 반대하셨지만 결국 끝까지 저지하지 못하셨고, 대신 후손에게 물려줄 책을 직접 집필하셨다는 거지?"

혹여 책의 존재가 알려진다면 파괴될 게 분명했기에, 두루뭉술한 이야기에 최소한의 정보만 담아 제 핏줄에게 전한 것이다.

"네 말대로라면, 초대 폐하를 압박한 존재는 누군데? 그분은 영웅이셨어. 이종족이라도 쉽게 거스를 수는 없었을 텐데."

"제일 흔한 경우로는 제국 내에서 정치 분열이라도 생겼던 거겠지만…… 네 말대로 그럴 확률은 지극히 낮지. 당시 황제 폐하의 권력은 상상을 초월했을 테니까."

그렇다면 남은 것은 다른 종족들이었다.

아렌트의 말에 르웰린이 미간을 살짝 구기며 생각에 잠겨 들었다.

"웨어 울프 같은 수인족은 문자가 발달하지 않았으니 역사를 전하는 데는 관심이 없었을 테고, 엘프의 경우…… 아."

르웰린의 입에서 짧은 탄식이 흘러나오자 아렌트가 가볍게 고개를 끄덕였다.

"우리랑 비슷한 처지지."

엄청나게 긴 수명을 지닌 엘프였지만 전쟁의 생존자는 하나도 남아 있지 않았고, 당시 상황도 거의 전승되지 않았다.

게다가 얼마 전에는 엘프족의 아이가 체르니온 교에 몸 담은 꼴까지 직접 본 그들이었다.

"진이라는 엘프도 딱히 과거 악신교와의 악연을 자세히 아는 것 같지는 않았어. 오래전 금지된 주술과 연금술 쪽에 더 관심이 많아 보였는데, 뭐 엘프 쪽에서 남은 기록을 숨기고 있을지도 모르니 확신은 할 수 없지만."

어마어마한 화제를 아무렇지도 않게 주워섬기는 망할 견습 기사가 불량한 태도로 말을 이어 갔다.

"결국 과거부터 지금까지 체르니온 교의 실체를 확실히 인지한 존재는 드래곤뿐인 것 같은데…… 그놈들은 뒤에 숨어서 나올 생각을 하지 않으니, 체르니온 신을 지우는 데에 일조했을 것 같지는 않단 말이죠."

"빙빙 돌리지 말고 본론만 이야기해."

답답함을 이기지 못한 칸타레스가 결국 얼굴을 딱딱하게 굳히고 그를 재촉했다.

아렌트는 황태자의 뜻에 호응해 주었다.

"체르니온을 지우는 작업에 신이 직접 개입했을지도 모른다고요."

"……"

집무실 안에 싸늘한 침묵이 자리 잡았다.

아렌트는 더 말하지 않고 선배들과 르웰린, 그리고 황태자를 가만히 응시하기만 했다.

마치 다음 대사를 기다리는 것처럼.

그 태연한 꼴이 더욱 숨 막혔다.

결국 칸타레스는 손으로 얼굴을 쓸어내리고 말았다.

"……너, 지금 네가 무슨 얘길 하는지 알고는 있냐?"

"처음부터 분명히 말했습니다. 흘려들으시라고요."

약간의 원망을 담은 황태자의 말에 아렌트가 천연덕스레, 하지만 어쩐지 냉기가 느껴지는 어조로 대꾸했다.

확실히 그의 말대로였다.

이건 진지하게 임해서는 안 되는 대화였다.

세상 곳곳에서 거의 완벽하게 체르니온 교에 대한 정보가 사멸된 이유, 초대 황제가 고작 그 정도의 기록만 남겼던 까닭 등등.

아렌트가 세운 가설대로 진짜 신이 개입했다면, 많은 의문이 풀리는 것은 사실이었다.

신의 피조물로 평생을 살아온 이들이 듣기엔 다소 버거운 주제였으나, 아렌트는 가차 없었다.

"전쟁 당시의 정보를 차단해서 제일 이득을 본 건 체르니온 교단이에요. 알려진 게 없으니 비밀리에 활동을 시작하기에는 최적이죠. 전쟁에서 진 체르니온 신이 후일을 도모하기 위해 자신의 흔적을 완전히 없앤 뒤, 남은 신도들을 데리고 잠적했다. 이렇게 가정하면 어떨까요?"

"하지만 그때는 악신교 무리가 이미 패배한 뒤잖아. 그런데 악신이 대륙에 영향을 끼쳤다고?"

아서가 간신히 반박했지만, 그것 역시 무의미했다.

"교단이 진 거지, 신이 패배한 건 아니잖아요."

빌어먹을 후배 놈의 징그러울 정도로 침착한 대꾸 앞에서는.

"반대의 경우도 생각할 수 있어요. 악신의 부활을 염려한 루체 신이 그 존재에 관한 기록을 완전히 말살하라고 명령한 거죠. 하지만 영웅 칸은 그게 틀린 방법이라고 생각한 겁니다."

"……."

"그래서 영웅은 신의 눈을 피해서 자신의 혈육들에게만 기록을 전수하고, 제국 곳곳에 단서가 될 만한 것들을 숨겨 둔 채 나머지 기록을 말살했다…… 이쪽도 말이 되는 이야기죠."

둘 중 어느 쪽이든 황태자와 기사들, 그리고 르웰린에게는 달갑지 않은 이야기였다.

"……."

표정 관리에 실패한 이들의 낯빛이 딱딱하게 굳어지고 말았다.

너무나도 당연하게 여기던 사실에 물음표를 던지는 행위는, 이따금 엄청난 파장을 가지고 온다.

아렌트 폰 에크하르트가 꺼내는 물음은 언제나 지나치게 도전적이었다.

칸타레스는 편두통을 가라앉히기 위해 미간을 꾹꾹 눌렀다.

'골치 아픈 새끼.'

토론해 보자고 했을 때부터 알아봤어야 했는데.

아무렇지도 않게 저런 말을 지껄이는 놈이 슬슬 무서워질 지경이었다.

"아직 추측일 뿐이니까 그렇게 똥 씹은 표정 하지 마세요. 무슨 말을 못 하겠네."

모두가 선뜻 입을 열지 못하는 와중, 얼어붙은 공기를 깨트린 것은 다름 아닌 아렌트의 짜증스런 목소리였다.

"엘프나 다른 종족 쪽에 전쟁에 관한 기록이 남아 있다고 쳐도 끝나는 이야기잖아요. 단순히 당시 어떤 사정이 있어서 인간 쪽의 기록을 전부 말살했지만, 혹시 모를 사태에 대비해서 황실에만 기록을 남겼을 가능성도 충분해요."

"……."

시큰둥하기 짝이 없는 어조에 일행의 맥이 탁 풀리고 말았다.

"야, 그런 건 제발 혼자 생각하란 말이야! 오늘 밤은 찝

찝해서 잠도 못 자게 생겼다고!"

"그렇게 심약해서 이 험한 세상을 어떻게 살아가려고."

르웰린이 머리를 쥐어뜯으며 짜증을 터뜨리자 아렌트는 시끄럽다는 듯 한쪽 귀를 틀어막을 뿐이었다.

그 얄밉기 그지없는 꼴을 보다 못한 아서 역시 울컥 화를 쏟아 냈다.

"네가 비정상인 거야, 이 미친놈아!"

"하아아……."

리히트가 커다랗게 내쉰 한숨이 화룡점정을 찍고, 황태자의 집무실은 다시금 시끌벅적해졌다.

하지만 칸타레스는 그 소란에 쉽게 편승할 수 없었다.

저 어린놈에게 모두가 쥐락펴락 당하는 판이라니.

지금도 마찬가지였다.

분위기가 지나치게 심각해지니 아직 확실하지 않은 일이라며 화제를 돌려 버린 게 분명했다.

이런 식으로 유야무야 넘어가 버렸지만, 결국 이 자리에 있는 이들은 아렌트가 언급한 것들을 계속해서 의식할 수밖에 없었다.

'분명 그걸 노린 걸 테고.'

아렌트가 굳이 지금 저 말을 꺼낸 이유도 칸타레스는 대충 짐작할 수 있었다.

그는 황태자와 르웰린이 제 이야기를 들어주길 바란 것

이다.

 너무 몰입하지 않는 선에서, 하지만 결코 무시는 할 수 없도록.

 아서와 리히트가 여기저기 말을 퍼트리고 다닐 성격도 아니니, 저 둘도 그냥 제 속에만 담아 두고 말 것이다.

 "으아악, 어쨌든! 됐어! 일단 지금 해야 하는 건 다른 종족들의 근황을 확인하는 거잖아."

 황태자와 마찬가지로 머리가 복잡해진 르웰린이 다시 화제를 돌렸다.

 "그렇지? 전하께서도 그렇게 말씀하셨죠?"

 짧게 한숨을 내쉰 칸타레스가 고개를 끄덕이며 호응해 주었다.

 "네, 맞습니다."

 "드워프들은 엘프와 가까운 사이니, 엘프 왕국과 연락이 닿으면 확인할 수 있을 겁니다. 일단 제가 돌아가는 대로 그쪽에 서신을 보내면서 제국의 상황도 간략하게 전해 두겠습니다."

 "그렇게 해 주시면 고맙겠습니다. 자세한 논의는 후에 하고, 오늘은 이만 쉬시는 것이 어떻습니까. 먼 길을 오시느라 피곤하셨을 테니까요. 경들도 이만 물러가도…… 잠깐."

 피곤한 얼굴로 손을 휘휘 내젓던 칸타레스가 멈칫하다

덧붙였다.

부서진 심장의 검이나 엘프도 중요했지만, 그것보다 더 급한 게 있었다.

"……그리고, 저놈 어디 안 튀어 나가게 잘 감시해."

저 망나니 같은 견습 기사 놈이 치료받는 동안 아무 데도 못 가게 막는 거였다.

황태자의 명령을 들은 리히트가 애매하게 고개를 끄덕였다.

"그…… 저희도 노력은 하겠습니다만."

"가능할지는 잘 모르겠습니다."

아서 역시 상당히 회의적이라는 얼굴이었다.

이미 지난 며칠 동안 학을 뗄 대로 뗀 그들이었다.

삐딱하게 선 아렌트가 툭 내뱉었다.

"할 수 있으면 해 보시든가요."

"……."

칸타레스는 더욱 골이 아파졌다.

이런 놈들을 데리고서는 전쟁을 치르기도 전에 머리가 먼저 다 빠질 것 같았다.

* * *

르웰린을 접대용 방에 밀어 넣은 아렌트는 곧장 생활관

에 있는 제 방으로 돌아왔다.

"아오, 씨. 속 아파 죽겠네."

혼자 남은 뒤에야 짧은 불평을 쏟아 낸 그는 곧장 치료사에게 건네받은 약을 입 안에 털어 넣었다.

입 안 가득 쓴맛이 퍼지며 당장이라도 뒤집힐 것 같던 속이 가라앉았다.

다시 물을 한가득 들이켜 약의 독한 맛을 지우고, 과자까지 집어 먹고 나서야 기분이 좀 나아졌다.

"갈 길이 이렇게 멀어서야……."

황태자의 집무실에서 나누던 대화를 떠올려 보자니, 새삼 현 상황이 답답하게 느껴졌다.

아까 이야기를 듣던 네 사람의 표정이 꽤 볼 만했다.

속에서부터 끓어오르는 거부감을 어떻게든 억누르려는 노력이 가상할 지경이었다.

화두를 올리는 것만으로도 큰 모험이 될 거란 사실은 아렌트 역시 잘 알고 있었다.

하지만 굳이 위험을 감수해 가며 그 점을 지적한 건, 언젠가 마주해야 할지도 모를 현실을 미리 예고하기 위해서였다.

금세 소란을 피우기 시작한 다른 이들과는 달리 황태자는 꽤 오랫동안 표정을 갈무리하지 못했다.

'그럴 만도 하지.'

체르니온이 직접 자신들의 흔적을 지우며 수하들을 감춘 채 후일을 도모했다는 것은, 곧 루체 신이 악신의 도주를 저지하는 데 실패했다는 뜻이었다.

혹은 루체가 체르니니온의 존재조차 영영 수면 위에 떠오르지 못하도록 기록 말살을 명령했지만, 영웅 칸이 이를 거부한 거라면…….

그건 영웅과 신의 의견이 충돌했다는 의미다.

황태자와 르웰린 역시 이 점을 알아차렸을 것이다.

자신에게 이 세상은 끝도 없이 펼쳐진 무대였지만, 다른 이들에게는 현실 그 자체였다.

즉, 무대 뒤를 볼 수 있는 사람도 그밖에 없다.

이 극에서 완전한 존재인 신은 인간에게 늘 자애로운 축복을 내려 주며, 위기의 순간에 도움의 손길을 뻗어 준다는 설정으로 존재한다.

그러므로 자신이 믿는 신이 실수를 하거나 잘못된 판단을 내린다는 건, 그들에게는 있을 수 없는 일이었다.

루체 신이 완전무결한 존재가 아닐지도 모른다는 의심은, 평생 신의 그늘 아래에서 지내던 이들에게는 둘도 없는 불안으로 다가갈 게 분명했다.

'조금 성급했을지도 모르겠는데.'

소파에 앉아 천장을 멍하니 올려다보자니 그런 생각이 들었다.

하지만 그는 곧 고개를 내저었다.

예방 차원에서 꼭 필요한 일이었다.

아무것도 모르고 있다가 나중에 허둥대는 것보다는 나을 테니까.

일단은 렉시온을 찾아야 했다.

그가 온갖 단서를 쥐고 있을 거란 확신이 슬슬 굳어지고 있었다.

하지만 뾰족한 수가 없는 것도 사실이었다.

간신히 단서를 찾았나 싶었는데, 그것도 결국 엉뚱한 방향으로 흘러가 버렸으니.

'선황 폐하의 수집품도 꽝이었고, 네펠레 왕국 쪽에 남아 있는 것도 아닌 것 같으니…….'

그렇다고 제국을 전부 뒤지는 건 불가능했다.

게다가 제국 바깥으로 흘러 나갔을 가능성도 완전히 배제할 수 없었고.

'이쪽은 완전 제자리걸음이군.'

결국 책 찾기는 처음부터 다시 시작해야 할 판이었다.

멍하니 천장의 샹들리에를 응시하던 아렌트는 그냥 눈을 감아 버렸다.

지금 조급하게 굴어 봤자 의미 없으니, 일단은 느긋하게 마음먹을 작정이었다.

당장 해야 할 일은 양손에 차고 넘쳤다.

이곳저곳에 흩어진 실마리들을 주워 모으다 보면 어느 순간 완벽한 시나리오가 그려지겠지.

때가 되면 언젠가 그 빌어먹을 파충류의 잘난 면상을 직접 구경할 날도 올 것이다.

* * *

며칠 뒤, 현장에 나가 있는 슈타들러 백작이 잔뜩 흥분한 채 통신을 걸어왔다.

– 아렌트 경! 엄청난 걸 찾아냈습니다!

연무장 출입도 금지당한지라 할 수 있는 거라곤 먹고 자고, 이따금 심심하다며 찾아오는 르웰린을 상대하는 것뿐이던 차에 반가운 일이었다.

"엄청난 거요?"

그러니까, 정리하자면…….

아렌트가 의아하게 묻는 말에 백작은 쉴 새 없이 보고를 쏟아 냈다.

감탄사가 반쯤 섞인 횡설수설이었지만, 아렌트는 용케도 모두 이해할 수 있었다.

통신을 끊은 직후 아렌트는 곧장 황태자에게 가 기사단장들과 르웰린을 소집했다.

회의실에 모인 그들 앞에 제레온이 차를 내려놓기가 무

섭게, 아렌트가 본론을 꺼냈다.

"슈타들러 백작님으로부터 보고가 왔습니다."

"부하들 훈련을 봐주다가 다짜고짜 끌려왔는데, 숨 돌릴 시간은 좀 주지 않겠나?"

망설임 없이 운을 떼는 아렌트를 보며 켄드릭이 어이없다는 듯 웃음을 터뜨렸다.

다이아나 역시 황당한 얼굴인 것은 마찬가지였다.

"르웰린 왕자님께서 왜 여기 계시는지도 조금 의아한데."

"숨 돌릴 필요 없으신 거 다 압니다. 그리고 저 녀석이 왜 여기에 있는지는, 일단 듣다 보면 알게 되실 거예요."

아렌트는 담백하기 그지없게 대답했다.

한 나라의 왕자를 저 녀석이라 지칭하는 작태를 새삼 지적하는 사람은 아무도 없었다.

자포자기한 그들이 경청할 자세를 잡자 아렌트가 말을 이었다.

"레어를 탐색하다가 숨겨진 창고를 발견했는데, 거기에서 괴물들을 만든 재료가 쏟아져 나왔다고 합니다."

"부랴부랴 도망쳤다고 하더니, 차마 증거 인멸도 못 한 모양이지?"

"저쪽 입장에선 갑자기 습격을 당한 거나 마찬가지일 테니까요. 몸을 빼내는 것이 최선이었을 겁니다."

칸타레스가 의아하게 고개를 기울이자 라이오스가 대

신 답을 내주었다.

"보존 처리된 몬스터 사체들과 마정석, 생포된 몬스터나 짐승들이 갇힌 우리도 발견했대요. 마법서에 연금술서, 온갖 자질구레한 것들도 많이들 나왔다는데…… 일단 그건 집어치우고."

슈타들러 백작이 줄줄 읊어 주던 목록을 간략하게 줄인 아렌트가 덧붙였다.

"혹시 호문쿨루스라는 걸 들어 보셨습니까?"

"호문…… 뭐?"

생소한 단어에 다이아나가 미간을 좁혔다.

다른 이들 역시 비슷한 반응을 보이던 순간.

덜커덩.

한구석에서 갑자기 소음이 들려왔다.

"호문쿨루스?"

가만히 듣고만 있던 르웰린이 벌떡 자리에서 몸을 일으킨 거였다.

그가 믿기지 않는다는 듯 거듭 되물었다.

"호문쿨루스라고? 진짜? 슈타들러 백작이 그렇게 말했어?"

역시나 어디서 들은 바가 있는 모양이었다.

아렌트는 간단히 고개를 끄덕여 주었다.

"진이 나름대로 개조는 했다만, 기본적인 형태는 그거래."

"아니, 잠깐만. 말도 안 되는 일이잖아!"
"앉아. 아직 본론은 꺼내지도 않았어."

아렌트의 차가운 말에 르웰린은 퍼뜩 정신을 차리고는 다시 의자에 착석했다.

하지만 불안한 표정을 채 거두지 못하고 곧 재차 캐물었다.

"뭐가 발견됐길래 호문쿨루스란 말이 나와?"
"그 전에, 잠깐. 호문쿨루스라는 게 뭔데 그렇게 흥분하십니까?"

칸타레스가 한쪽 손을 들며 흥분한 르웰린을 진정시켰다.

다른 단장들 역시 같은 것이 궁금했던지 자연스레 르웰린을 바라보았다.

마른침을 꿀꺽 삼킨 르웰린이 운을 뗐다.

"연금술사가 인위적으로 만든 사람을 그렇게 부릅니다. 호문쿨루스라고요."
"사람을 인위적으로 만든단 말씀이십니까?"

다이아나가 되묻자 르웰린이 한층 차분해진 목소리로 설명을 이었다.

"고대의 연금술사들은 인간을 제조하고 싶어 했다는 이야기가 있지. 그 과정에서 태어난 게 호문쿨루스인데…… 나이 든 연금술사들 사이에서 구전으로만 내려오는 존재고, 현재에 들어서는 아는 사람도 거의 없어."

시체가 바탕이 되는 구울이나, 온갖 괴물과 짐승의 몸을 개조해 합치는 키메라와는 달랐다.

호문쿨루스를 제작한다는 건 밑바탕이 되는 존재 없이 처음부터 생명을 창조한다는 뜻이었고, 이것은 당연히 금기의 영역이었다.

아렌트가 백작에게 전해 들은 정보를 덧붙였다.

"뭐, 이런저런 이유로 진짜 호문쿨루스를 만드는 건 불가능하다는 결론이 나왔대요. 살아 숨 쉬는 몸체까지는 만들 수 있지만, 여기에 명령을 따를 수 있는 지능이나 자아를 불어넣을 수가 없어서요."

"그런데 그걸 만들어 냈다고?"

르웰린이 믿을 수 없다는 듯, 거의 비난에 가까운 어조로 캐묻자 아렌트가 고개를 가볍게 끄덕였다.

"진이 기적의 병사, 어쩌고 하면서 마지막에 불러냈던 괴물 말이야. 아무래도 그거 같다고 하시더라. 근데 그보다 더 중요한 게 뭔지 알아?"

반쯤 패닉에 빠진 르웰린과는 달리, 아렌트는 그저 침착하기만 했다.

"진이 호문쿨루스인지 기적의 병사인지 뭔지를 만들 때, 엘프 왕국에서 빼돌린 정령석을 사용한 것 같대."

"……"

뭐라 말을 쏟아 낼 것처럼 입을 벌렸던 르웰린이 곧 탁, 소리 나게 이마를 짚었다가 그대로 제 머리를 감싸 쥐었다.
 잠시 후, 르웰린이 허탈한 웃음을 터뜨렸다.
 "진짜 돌겠네."

3장. 어린애 잘못은 어른 책임

어린애 잘못은 어른 책임

정령석은 '성검의 푸른 기사'에서도 몇 번 언급된 적 있었다.

그래서 아렌트는 르웰린이 격하게 반응하리라고 예상했다.

정령석은 말 그대로 자연계 정령의 힘이 담긴 보석으로, 엘프들의 보물이었다.

정령이 오래 머문 자리에서 생긴다고 그런 이름이 붙었는데, 마정석보다도 더 희귀한 물건이라 부르는 게 값이었다.

세간에 알려진 건 여기까지였지만 더 중요한 게 있었다.

오래 묵은 정령석에서는 종종 새로운 정령이 태어나고는 했다.

막 태어난 정령은 깨끗한 자아와 정순한 힘을 지녔기에 엘프 사회에서도 아주 귀한 존재였다.

과거의 대전쟁을 거치며, 현재 엘프들 사이에서도 정령사는 아주 희귀한 존재가 되었다.

그러나 언젠가 태어날지도 모를 새로운 정령을 기다리며, 엘프들은 정령석을 아주 귀하게 취급했다.

마정석보다 강력하고 깨끗한 마력을 품고 있지만, 무의미한 살생에는 정령석을 결코 사용하지 않는 게 엘프들 사이의 원칙이었다.

게다가…….

"지금은 거의 생산되지도 않아서, 현존하는 것들은 모두 장로들이 보관하고 있습니다. 직접 보는 것도 따로 허가를 받아야 가능해요."

르웰린이 길게 설명을 늘어놓자 듣던 이들의 표정이 심각해졌다.

"그러니까…… 정리하자면 진이 장로의 혈육일 가능성이 있다는 겁니다."

"……이것 참."

가만히 경청하던 켄드릭이 탄식을 터뜨렸다.

장로의 딸이 몇 개나 되는 정령석을 훔쳐 달아났다.

그게 사실이라면 엘프 사회는 지금쯤 발칵 뒤집어졌을 것이다.

미간을 꾹꾹 누르던 다이아나가 입을 열었다.

"그 호문쿨루스라는 것과 정령석이 무슨 관계가 있습니까?"

"이건 추측일 뿐인데…… 아까 설명했다시피 오래된 정령석에서는 정령이 태어난다는 전설이 있어."

르웰린이 착잡하게 대답했다.

"연금술사들이 호문쿨루스 개발을 포기한 건, 몸뚱이에 자아를 부여하는 데 실패했기 때문이지. 그런데 생각해 봐. 정령석에서 막 태어난 정령의 자아를 호문쿨루스에게 부여할 수만 있다면……."

왕자가 말끝을 흐렸지만 충분히 뒷말을 짐작할 수 있었다.

그게 성공하는 순간, 오래전부터 연금술사들이 꿈꿔 왔던 인조인간이 완성되는 것이다.

가만히 듣던 아렌트가 끼어들었다.

"하지만 정령석이 흔하지 않은 만큼 대체할 물건이 필요했을 겁니다. 마을 사람들한테 한 실험도 그 연장선이었을 거예요. 사람들을 재료로 정령석과 비슷한 존재를 제작하려 했던 겁니다."

입을 꾹 다물고 있던 칸타레스가 천천히 한숨을 내쉬었다.

"정말…… 말도 안 되는 일이군. 이게 현실이라는 게

믿기지가 않아."

"남은 정령석들을 어떻게 처리할지는 황태자 전하께서 결정해 주셨으면 좋겠다고 백작님께서 말씀하셨어요."

"엘프들에게 돌려줘야 합니다. 제국에서 정령석을 가지고 있으면 외교 분쟁으로 이어질 수 있어요."

아렌트의 말에 르웰린이 다급하게 끼어들었다.

황태자 역시 고개를 끄덕였다.

"저 역시 동의합니다. 엘프 왕국에서 분실된 정령석이 우리 제국에서 발견됐다는 것만으로도 충분히 책잡힐 만한 일이니까요."

"말씀대로입니다. 우선 그쪽에 연락을 취해서 상황을 알리고 반환 절차를 밟…… 아야……."

다이아나가 갑자기 떨떠름한 얼굴로 말끝을 흐렸다.

의아해진 이들은 그녀의 시선이 닿는 곳으로 자연스레 고개를 돌렸다.

"……."

그리고 발견하고야 말았다.

뺀질뺀질한 얼굴로 팔짱을 낀 채 가벼운 고민에 빠진 아렌트를.

"흠……."

그간의 경험으로 자연스레 깨달을 수 있었다.

저건 분명 못되어 처먹은 발상을 떠올릴 때의 낯짝이었다.

"아렌트."

라이오스가 그를 조용히 불렀다.

하지만 돌아오는 대답은 없었다.

불길한 침묵이었다.

잠시 후, 견습 기사의 앳된 얼굴에 미소가 드리운 순간 모두의 등골이 오싹해졌다.

"아주 좋네요. 책임 소재가 명확해졌어요."

"책임 소재라니, 또 무슨 소릴 지껄이려고……."

칸타레스가 질린 듯 중얼거리자 아렌트가 아무 일도 없었다는 양 미소를 싹 지우며 고개를 들었다.

"걸고넘어질 구석은 아주 충분하단 말이죠. 저쪽 종족이 제국까지 넘어와서 깽판을 놓았는데, 우리도 당연히 항의 정도는 할 수 있잖아요?"

"물론 그건 맞네만, 일단은 대화를 나눠 보고……."

켄드릭이 퍼뜩 정신을 차리고서 운을 뗐지만 아렌트가 선수를 쳤다.

"저쪽에서 먼저 연락을 무시했다면서요. 안 그래요?"

단장들은 자연스레 황태자를 향해 답을 구하는 눈빛을 보냈다.

이마를 짚고 한숨을 푹푹 내쉬는 칸타레스 대신 제레온이 어색하게 미소 지었다.

"네에, 그랬습니다. 유감스럽게도요."

"그 말을 하는 게 아니었는데."

칸타레스가 뒤늦게 후회했지만 이미 때는 늦었다.

"야, 너도 마찬가지잖아. 통신구에 반응이 없었다면서?"

"그랬습니까?"

"네에, 유감스럽게도요…… 마지막으로 왕국을 방문했을 때, 장로님들께 통신구를 선물해 드렸습니다. 그쪽으로 여러 번 연결을 시도했지만 전혀 반응이 없었습니다."

황태자의 물음에 르웰린이 제레온의 말을 따라 하다 말고 후다닥 덧붙였다.

"……하지만 엘프는 원래 통신구를 잘 사용하지 않으니까요. 어디 보관해 두고 잊어버리신 걸지도 모릅니다."

"보통 타국의 귀빈이 준 선물을 그딴 식으로 취급하곤 하나? 그건 그것대로 문제인데."

하지만 아렌트에게 그런 변명이 통할 리 없었다.

"딱히 긁어 부스럼을 만들자는 건 아닙니다. 하지만 저쪽이 대화를 거부한다면, 이쪽은 다른 방법을 강구하는 수밖에 없죠. 안 그래요?"

"……."

"진이 엘프 장로의 딸일 가능성이 있다면서요. 그런 말 모르십니까? 애새끼 잘못은 다 어른 책임입니다."

아렌트가 마지막으로 쐐기를 박았다.

"……다음에 에크하르트 백작을 만나면 꼭 물어봐야겠군. 도대체 어떤 식으로 양육하면 너 같은 성질머리가 나오냐고."

결국 칸타레스의 입에서 마음속 깊은 곳에 담아 둔 진심이 흘러나오고 말았다.

그러나 아렌트는 거기에서 한술 더 떴다.

"그건 저도 궁금하네요. 꼭 물어봐 주세요. 저는 이미 절연당한 지 오래라."

"……."

에크하르트 백작은 이미 대가를 톡톡히 치르는 중이라고 해도 될 듯했다.

뜬금없이 튀어나오는 패륜적 발언에 이름을 올리며 가루가 되도록 까이고 있으니.

단장들은 헛기침을 하며 시선을 슬그머니 피해 버렸다.

어색한 침묵이 흐르자, 르웰린이 급하게 나섰다.

"책임을 물어야 한다는 말에는 동의합니다. 그러나 황태자 전하께서 공식적으로 항의하신다면, 분명 어떤 식으로든 반응이 돌아오지 않을까요? 저 역시 다른 수단으로 연락을 취해 보겠습니다."

"그게 좋겠습니다. 정령석은 반환해야겠지만, 엘프가 제국 내에서 문제를 일으킨 것은 분명히 짚고 넘어가야

합니다."

라이오스 역시 진지하게 찬동했다.

칸타레스는 그들을 향해 떨떠름한 시선을 보냈다.

"지극히 옳은 말이지만, 갑자기 강경하게 대응하는 쪽으로 돌아선 이유는 뭐야? 방금까지는 좋은 말로 풀어보자는 의견 아니었나?"

"저 새끼, 아니, 아렌트가 끼어들어서 아수라장이 되는 것보다는 그게 나을 것 같아서요."

르웰린이 솔직하게 대답했고, 단장들이 정색하며 고개를 끄덕였다.

심지어는 라이오스마저도.

그렇게 회의가 끝난 뒤, 르웰린은 우선 네펠레 왕국 근처 연합원들에게 연락해 엘프 왕국의 동태를 살피게 했다.

하지만 별다른 소득은 없었다.

전 왕세자 알로이스가 엘프들과 적대적이었던 탓에, 엘프들과의 교류가 완전히 끊어져 버린 것이다.

"매사에 도움 안 되는 자식……!"

보고를 받은 르웰린은 통신구를 쥔 채 분통을 터뜨렸다.

뒤늦게 무역 루트를 회복해 보려 했지만, 네펠레 왕국도 혼란을 벗어난 지 얼마 안 되었기에 그것도 어려운 상황이었다.

에버란 왕국에서 돌아온 대답도 비슷했다.

몇 달 전 무역을 맡은 상단을 통해 연락이 왔는데, 당분간 물품을 보낼 수 없게 됐다는 내용이었다.

르웰린이 드래곤 찾기에 정신이 팔린 사이 진행된 일이었다.

"그, 그래서요, 형님! 그냥 그러라고 했어요? 그게 언젠데요?"

- 전에도 그런 일이 없지는 않았으니까. 게다가 우리 쪽에 거부권이 있기나 해? 네가 왕국에 있었으면 무슨 연유인지 물어보기라도 했을 텐데, 너는 어디에서 뭘 하는지도 모르겠고.

짜증스레 대답하던 에버란 왕국의 왕세자는 결국 울컥 화를 쏟아 냈다.

- 게다가 넌 오랜만에 연락하고는 지금 뭐? 엘프? 어머님께서 지금 얼마나 걱정하시는지 알기나 해? 얼마 전에는 네펠레 왕국에 있었다면서, 지금은 왜 또 칼리온 제국에 있는 거야? 거기에서 민폐 끼치지 말고 빨리……

"하하하, 거긴 별일 없죠? 무슨 일 있으면 꼭 연락 주세요! 꼭입니다!"

본격적인 잔소리가 시작되기 전, 르웰린은 급하게 통신을 끊어 버렸다.

왕세자가 통신구 너머에서 소리를 지르는 것 같았지만 애써 무시했다.

소파에 걸터앉아 그 꼴을 지켜보던 아렌트가 어이없다는 듯 말했다.

"그거, 무슨 일 없으면 연락하지 말란 소리 아냐?"

"원래 사는 게 다 그런 거지. 무소식이 희소식인 법이야."

한숨을 푹 내쉰 르웰린이 짜증스레 머리칼을 벅벅 긁었다.

"그나저나 이쯤 되면 뭔가 일이 터져도 단단히 터진 게 확실해. 아악, 진짜 미치겠네! 이걸 왜 이제야 눈치챘지?"

"이런 식이면 전하께서 보내신 공문도 의미가 없겠는데……."

아렌트 역시 설마 사태가 이렇게 될 거라곤 예상치 못했다.

칼리온 제국 측과의 무역도 어느샌가 끊겨 있었다.

칸타레스가 서신을 실어 보낸 배편이 마지막이었다고 하니까.

'애초에 자주 왕래하던 것도 아니고.'

1년에 두세 번 배가 오가는 판이었으니 슬그머니 교류가 끊어져도 눈치를 못 챌 수밖에 없었다.

게다가 엘프 사회가 워낙 폐쇄적이고 인간 측에서는 트러블이 생기지 않도록 조심하다 보니, 내부에 문제가 생겼다는 걸 아무도 알아차리지 못한 것이다.

잠깐 침묵하던 아렌트가 입을 열었다.

"야, 네 생각은 어때?"

"끄응…… 워낙 변덕스러운 사람들이니 확신은 못 하겠지만, 그나마 예상 가능한 건 딱 하나지. 저쪽도 지금 진 때문에 난리가 난 거야."

정령석을 들고 가출한 진이 문제를 일으킨 것을 인지하자마자 안팎으로 문을 꽁꽁 걸어 잠근 것이다.

아렌트의 미간이 살짝 구겨졌다.

"고작 애 하나 간수 못 해서 쇄국을 선택했다고?"

"젠장, 원래 그런 사람들이야. 수치스러운 일이라고 생각하겠지. 게다가 진이 악신교에 투신했다는 걸 알아차렸다면, 어떻게든 책임을 피하기 위해서라도 문제가 해결될 때까지 코빼기도 안 비칠걸?"

잔뜩 흥분한 르웰린이 빠르게 말을 쏟아 냈다.

종족의 수가 적으니 그만큼 예민하게 반응하는 모양이었다.

지금 당장 공식적으로 취할 수 있는 방법은 다 시도해 본 것과 마찬가지였다.

르웰린의 부름마저 무시하는 것을 봐서는 저쪽은 대화

를 나눌 의사가 전혀 없는 듯했다.

'성검의 푸른 기사에서는 어땠더라.'

아렌트의 의식이 자연스럽게 그쪽으로 향했다.

칼리온 제국이 불바다가 되고 본격적인 전생이 시작될 무렵, 라이오스가 성검에게 선택받았다.

그 소식이 전 세계에 공표된 뒤 엘프와 드워프가 지원 의사를 밝혀 왔다.

성검이 나섰다는 사실에서 제법 위기감을 느낀 거겠지.

거기까지 생각이 미친 아렌트의 얼굴이 설핏 굳었다.

'잠깐만.'

아니, 설마.

하지만 아무리 따져 봐도 앞뒤가 안 맞았다.

갑자기 아렌트의 분위기가 변하자 르웰린이 의아하게 그의 어깨를 툭 쳤다.

"아렌트? 뭐야, 왜 그래?"

하지만 돌아온 대답은 엉뚱한 한마디였다.

"……이거 순 개자식들 아냐?"

"뭐, 개자식? 나?"

"시끄러우니까 좀 닥쳐 봐."

당황해 묻던 르웰린이 꼬리를 내리고 입을 다물었다.

주변이 조용해지자 아렌트는 다시 머리를 굴리기 시작했다.

확실한 게 아무것도 없는 이상, 그가 할 수 있는 건 최대한 많은 경우의 수를 낸 후 그중 제일 합리적인 시나리오를 고르는 것뿐이었다.

'이것도 억측이지.'

함부로 결론을 내리는 건 위험했다.

하지만 이 어처구니 없는 무대는 자꾸만 상상을 뛰어넘는 장면을 만들어 내곤 했다.

그러니…… 영 불가능한 일도 아니었다.

'성검의 푸른 기사'에서 라이오스가 성검에게 선택받은 것은 막 전쟁의 불씨가 커져가던 무렵이었다.

사태가 심각해지자 이웃 왕국들이 지원에 나섰고, 엘프와 드워프 역시 자연스레 참전했다.

'그렇게 생각하면 조금 이상해.'

어린애가 중요한 물건을 가지고 도망쳐 온갖 사고를 치는 마당에도 지원을 요청하기는커녕 왕국 문부터 꽁꽁 걸어 잠그는 게 엘프라는 놈들이었다.

꽤 오래 전, 처음 이종족에 대한 이야기를 나누었을 때도 칸타레스는 그렇게 말했다.

엘프와 함께 힘을 합치는 것은 어려울 거라고.

'그렇게까지 폐쇄적인 이들이, 소설에서 칼리온 제국 내전을 진압하겠다고 나섰다고?'

소설이 중단되기 직전까지, 전쟁의 배경은 철저히 칼리

온 제국 안으로 국한되었다.

게다가 인간들은 단순 내전이라고만 여기고 있었으니, 세상의 존망이 걸린 문제라고는 아무도 생각하지 못했을 터.

그럼에도 그놈들이, 성검이 나섰다는 소식에 쇄국을 깨고 득달같이 달려나왔다는 건…….

'악신이 나타났다는 걸 알고 있었을지도.'

칸타레스는 제국의 우환에 이렇게 많은 이들이 도움을 준다는 것에 감동했고, 라이오스는 그들의 신의에 보답하겠다며 목숨 걸고 싸웠다.

그 과정에서 아서를 비롯한 많은 기사들이 전사했다.

이웃 왕국들은 그간 구심점 역할을 한 칼리온 제국을 지킨다는 명분으로 지원을 보냈다.

하지만 엘프들에겐 다른 목적이 있었을지도 모른다.

악신교 무리가 제국 밖으로 빠져나가지 못하도록 감시하고 전쟁 상황을 파악하기 위해 전사들을 파견한 것이다.

그리고 함께 싸우는 동료들에게 적의 실체에 관해 입조차 벙긋하지 않았다.

영웅 칸에게 은혜를 갚니, 인간과 이종족의 우정을 다질 때니, 온갖 말을 주워섬긴 주제에 놈들은 전쟁을 치르면서도 '악신'이란 말을 입 밖에 추호도 올리지 않았다.

그 결과 아무것도 모르는 상태로 방패 역할을 떠맡은 칼리온 제국은 불바다가 됐고, 전사자들은 자신들이 무엇과 싸우는지도 제대로 알지 못한 채 죽어 간 것이다.

"……야, 괜찮냐?"

한참동안 입을 다물고 있는 아렌트에게 르웰린이 슬그머니 말을 걸었다.

갑자기 아렌트의 안색이 파리해지더니 눈빛이 차가워지는 게 퍽 불안하게 보인 것이다.

걱정스럽게 이쪽을 응시하는 르웰린을 마주 보자니 다시 머릿속이 차분해졌다.

'쓸데없는 생각이지.'

이야기 흐름이 바뀐 이상, 영원히 벌어지지 않을 일이었다.

엘프들이 악신의 존재를 아는지 모르는지는 이후 확인하면 될 문제였고.

감정을 빠르게 갈무리한 뒤 '아렌트'다운 대사를 고른 그가 평소대로 퉁명스럽게 대꾸했다.

"안 괜찮으면 뭐 어쩌게. 어쨌든 무슨 수를 내긴 내야지. 이대로 손 놓고 있을 거냐?"

"아니, 이렇게 된 이상 직접 찾아가는 수밖에 없지. 설마 문전 박대 하겠어?"

"문전 박대 하더라도 뚫고 들어가야지."

굳은 얼굴로 대꾸하는 르웰린에게 대충 맞장구치며 아렌트는 생각을 이어 갔다.

'성검의 출현이 곧 악신의 재림이라는 걸 알고 있었다면······.'

체르니온에 대한 기록이 전혀 남아 있지 않다고 하더라도, 구전으로 어렴풋이나마 전승되는 게 있는지도 몰랐다.

마치 칼리온 제국 황실에 남아 있던 그 낡아 빠진 책 한 권처럼.

그게 뭐가 됐든 마지막 한 톨까지 어떻게든 캐내야 했다.

고민을 끝낸 아렌트가 드디어 결단을 내렸다.

"직접 찾아간다고 했지?"

"지금은 그 방법밖에 없으니까."

갑작스레 툭 튀어나온 물음에 르웰린이 자연스레 대답했다.

아렌트는 고개를 들어 르웰린을 똑바로 바라보며 선언했다.

"나도 데려가."

"······뭐?"

"데려가라고. 불만 있어?"

왕자에게서 얼빠진 소리가 튀어나오자 아렌트가 삐딱하게 물었다.

잠시 후, 드디어 그 말을 머릿속에 제대로 집어넣은 르웰린의 입이 쩍 벌어졌다.

* * *

결국 칸타레스 역시 엘프들과 연락할 방법을 찾지 못했다.

그 시점에서 직접 찾아가는 것 이외의 방법은 불가능에 가까워졌다.

그리고…… 황궁은 다시 한번 발칵 뒤집혔다.

원인은 다름 아닌 아렌트였다.

"그래, 다 좋다 이거야. 그런데 굳이 네가 직접 가야겠냐?"

요즘따라 더욱 쓰려 오는 위장을 달래려 애쓰며 칸타레스가 침착하게 말했다.

"그럼 전하께서 직접 방문하실래요? 그것도 나름대로 재밌을 것 같네요. 전하께서 객사하시면 아무래도 일이 커질 텐데."

"너 진짜 다시 감옥에 처박히고 싶지? 황족 능멸죄 몰라?"

하지만 애써 평정을 유지하려는 노력도 순식간에 무의미해졌다.

"하실 수 있으면 해 보시든가요."

뻔뻔하게 대꾸하는 낯짝을 보자니 더 화를 터뜨릴 의지도 사라져 버렸다.

맥이 풀린 칸타레스는 미간을 꾹꾹 누르며 억지로 마음을 가라앉혔다.

"……그래, 일이 어떻게 돌아가는지 확인해야 한다는 건 동의해. 하지만 굳이 네가 가야 하는 이유는 또 뭐야?"

"듣고 싶으세요?"

아렌트의 입에서 은근한 목소리가 나온 순간, 기사단장들은 황태자의 패배를 직감하고 탄식을 흘렸다.

"이거 글렀군."

"애초부터 저 입이 열리게 두면 안 되는데 말입니다."

켄드릭이 고개를 내젓자 다이아나 역시 조용히 동의했다.

아까부터 찻잔을 만지작대는 라이오스는 당장이라도 위장약을 입에 털어 넣고 싶다는 얼굴이었다.

그러거나 말거나, 아렌트는 하나하나 설명하기 시작했다.

"진이라는 엘프랑 직접 마주친 것도 저고, 놈이 만든 호문쿨루스랑 싸운 것도 저죠. 그렇다면 최근 급변하는 상황을 제일 잘 파악하고 있는 것도 누구겠어요?"

"……."

"게다가 슈타들러 백작님과의 연계도 빠르고, 여차하면 네펠레 왕국에 있는 노이만 상단 지부랑도 손잡을 수 있어요. 게다가 르웰린 왕자랑 개인적인 친분도 있으니 엘프 왕국에 함께 들어가는 데도 편할 겁니다."

거기까지 말한 견습 기사가 시큰둥한 시선으로 황태자를 똑바로 바라보았다.

"이건 노파심에 여쭤보는 겁니다만…… 설마 르웰린 왕자가 동행하는 상황에서 칼리온 제국의 깃발을 높이 쳐들고 엘프 왕국으로 들어갈 생각은 아니셨겠죠?"

"……."

"엘프들의 경계심만 더 심해질 텐데. 어쩌면 르웰린 왕자와의 신뢰 관계도 깨질지 모르고요. 설마 진짜 이 정도도 생각 못 하셨을 리는 없다고 믿습니다."

세상에서 제일 짜증나는 놈은 본인이 잘났다는 걸 아는 사람이었다.

제 능력을 누구보다도 객관적으로 판단해 조목조목 따지는데다, 수준급의 빈정거림까지 가미한 아렌트는 타인을 열받게 만들기 위해 태어난 놈이 틀림없었다.

말로 두들겨 맞고서 부들부들 떠는 칸타레스에게 조용히 다가간 제레온이 따뜻한 차를 한 잔 더 따라 주었다.

그런 황태자가 안쓰러웠던지 켄드릭이 슬그머니 참견했다.

"물론 전하께서도 그 점을 염려하셔서 다른 방법을 찾고 있었네. 하지만 딱히 뾰족한 수가 없는 것도 사실이지."

"수가 없긴 왜 없습니까? 지금 상황은 오히려 이쪽에 지극히 유리해요."

아렌트가 어깨를 으쓱하자 다이아나가 미심쩍게 물었다.

"설마 약점이라도 잡고 날뛸 건 아니겠지?"

"맞는데요."

한 치의 망설임도 없이 돌아온 대답에 단장들이 일제히 이마를 짚었다.

"외교는 그런 식으로 하는 게 아니란 소리는 집어치우세요. 먼저 일방적으로 연락을 끊어 버린 건 저쪽이니까요."

"……."

조목조목 맞는 말을 저따위로 하는 건 언제 봐도 놀라운 재주였다.

상관들과 황태자의 입을 모조리 막아 버린 아렌트가 의기양양하게 덧붙였다.

"일단 정령석이 우리한테 있는 만큼, 무턱대고 쫓아내지는 못할 거예요. 그때 대화의 물꼬를 트는 겁니다."

"대화의 물꼬가 아니라 협박의 시작이겠지."

다이아나가 조용히 지적했지만, 당연히 아렌트는 무시해 버렸다.

대화를 듣던 르웰린이 슬그머니 끼어들었다.

"진과 직접 대면한 리히트 경과 아서 경이 동행하고, 대표자로는 라이오스 경이 좋을 것 같습니다. 저는 안내자 겸 동행으로 함께하는 게 어떨까요?"

과연 방랑과 협상에 능한 사람답게 말이 청산유수처럼 쏟아졌다.

"칼리온 제국 내에서 벌어진 일이니 제가 앞장서는 것도 이상할 듯하고. 칼리온 제국에서 대대적으로 사절단을 보내면 아렌트의 말대로 엘프 쪽에서 거부감을 보일 겁니다. 최대한 단출하게 가는 편이 좋을 것 같습니다."

"좋은 의견입니다만, 정말로 저 녀석을 데려가도 괜찮으시겠습니까? 저놈이 입이라도 벙긋하는 순간 평화적인 해결과는 거리가 멀어지게 될 텐데요."

관자놀이를 꾹꾹 누르며 칸타레스가 심란하게 대답했다.

르웰린은 슬그머니 시선을 피하며 어색한 미소를 지었다.

"뭐…… 일단은 칼리온 제국의 이름으로 방문하는 거니, 거기까지는 제 영역이 아닌 것으로."

"아까부터 가만히 듣자 하니, 사람을 무슨 화약 취급하고 그러십니까?"

"안 그러겠냐?"

아렌트가 불쑥 끼어들어 불만스럽게 투덜거리자 칸타레스가 날카롭게 쏘아붙였다.

"지금 하고 있는 일은. 드래곤의 책을 찾는 건 어쩌고?"

"칸 연합이랑 노이만 상단의 정보상 쪽에 잠깐 위탁하려고요. 연합도 슬슬 안정된 것 같으니 이제 제기능을 해야죠."

'질베르테'라는 이름이 언급되는 고서적과 마력을 품은 책을 닥치는 대로 매입해 달라고, 이미 노이만 상단 쪽에 부탁해 둔 참이었다.

상단이 구입한 책은 곧바로 칸 연합 측에 보내질 것이고, 아르크스와 헨리가 내용을 확인해 단서가 될 만한 것을 골라낼 예정이었다.

아렌트가 간략히 이런 설명을 해 주자 칸타레스가 완전히 질렸다는 표정을 했다.

"징그러운 놈…… 알았다, 알았어. 뜻대로 해. 라이오스 단장, 그걸로 괜찮겠나? 경이 제국의 대표로 가게 될 텐데."

"문제 없습니다."

라이오스가 단정히 대답했다.

아렌트만 보낼 생각에 속을 끓이다가 동행할 수 있다고

하니 갑자기 마음이 편해진 모양이었다.

 이것으로 행동 방침은 모두 정해졌다.

 마지막으로 한숨을 푹 내쉰 황태자가 이야기를 정리했다.

 "빈손으로 가는 것도 이상하니, 지참할 선물을 준비하지. 슈타들러 백작한테는 정령석을 가지고 황궁으로 오라고 전해. 출발일은……."

 지친 기색의 칸타레스가 눈동자만을 굴려 아렌트를 힐끗 보았다.

 "저놈 내상 완치 판정 받은 그 다음 날. 그 전에는 아무 데도 못 가. 황궁 밖으로도 나가지 마. 명령이야."

 "네?"

 아렌트가 황당하게 반박하려는 찰나, 르웰린이 자리에서 벌떡 일어났다.

 "옳으신 말씀입니다, 황태자 전하!"

 "명령 받들겠습니다."

 뒤이어 라이오스까지 결의에 가득 차 답했다.

 뭐라 불만을 말하려던 아렌트는 곧 체념하고 입을 다물었다.

 '아렌트'가 한 고집 하듯, 이들 역시 쉽게 말이 통하는 상대가 아님을 슬슬 깨달은 탓이었다.

 그 모습을 지켜보는 켄드릭과 다이아나가 피식피식 웃

어린애 잘못은 어른 책임 〈117〉

음을 흘렸다.

 그런다고 해서 진짜 얌전히 있을 아렌트가 아니었다.

 상대가 라이오스를 필두로 한 황실 기사단인 만큼 꽤 난관이 있었지만, 그는 어떻게든 감시망을 피해 황궁 밖으로 도망쳐 나왔다.

 탈출에 성공한 아렌트가 향한 곳은 이제 반쯤 아지트가 되어 버린 노이만 상단의 본단이었다.

 마치 제집처럼 소파를 차지하고 앉은 그를 보며 노이만이 너털웃음을 터뜨렸다.

 "오랜만에 오셨는데 장부부터 보십니까?"

 "뭐 어때요. 투자자로서 돈이 얼마나 순조롭게 불어나고 있는지 보는 게 얼마나 큰 기쁨인데."

 "하하."

 소파에 비스듬히 기댄 채 장부를 팔랑팔랑 넘기는 아렌트를 보고 있자니 헛웃음이 저절로 흘러나왔다.

 '꼭 젊은 졸부 같은 모습이시군.'

 응접실은 상단 특성상, 온갖 곳에서 수입한 이국적인 인테리어로 가득했다.

 그런 곳에서도 전혀 위화감 없이 녹아드는 저 화려한 외모 탓에, 아렌트는 마치 옛날이야기에 나오는 철없는 부잣집 후계자처럼 보였다.

 사실 부자라는 것도 썩 틀린 말은 아니었다.

아렌트는 눈 깜짝할 새 성장한 노이만 상단의 최초이자 최대 투자자로 엄청난 수익을 올리고 있으니까.

아렌트는 자신이 벌어들인 돈을 노이만 상단의 새로운 사업에 들이붓고, 그것으로 다시 막대한 이득을 내는 것을 반복하고 있었다.

게다가 아렌트가 제안한 일은 언제나 실패하는 법이 없으니, 노이만은 저 재능 많고 사업 센스가 탁월한 기사가 자신의 편이라는 사실이 굉장히 마음에 들었다.

서류들이 쌓인 테이블 위에 차와 과자를 내려놓은 노이만이 그의 맞은편에 앉았다.

"장부는 마음에 드십니까?"

"안 먹어도 배가 부를 지경이네요."

은근한 목소리로 묻자 평소처럼 무심한 대답이 돌아왔다.

하지만 저 말이 진심이라는 것은, 반짝거리는 황금색 눈동자만 봐도 충분히 짐작할 수 있었다.

"워렌은요?"

"정보상 쪽 일로 잠깐 심부름을 보냈습니다. 아마 아렌트 경께서 복귀하시기 전에 돌아올 겁니다."

간단하게 답한 노이만이 화제를 돌렸다.

"네펠레 왕국에서 상단을 아주 크게 환영해 주셨습니다. 특히 왕세자 저하와 삼왕자께서는 직접 접대까지 해 주셨다고 합니다."

"그거 다행이네요."

아무래도 마티어스가 노이만 상단을 잘 봐주겠다는 약속을 잘 지킨 모양이었다.

노이만의 말이 이어졌다.

"그땐 일이 바빠 직접 가지는 못했지만, 조만간 이쪽 일이 정리되는 대로 방문할 계획입니다. 직접 왕실 분들을 알현하고 인사도 드린 뒤, 네펠레 왕국 지부 사업이 잘 진행되고 있는지도 확인해야 하니까요."

"상단주님도 어지간히 바쁘시네요."

자연스럽게 손을 뻗어 과자를 입에 쏙 넣은 아렌트의 말에 노이만이 싱긋 미소 지었다.

"하하, 아렌트 경만 하겠습니까. 저야 이곳에서 돈이나 세고 있으면 나머진 유능한 직원들이 알아서 해 주니까요."

"너스레 떠시긴."

"진심입니다. 황궁으로 돌아오신 지 얼마 안 되셨는데, 또 먼 길을 떠나실 예정이시라고 들었습니다."

"어쩌다 보니 그렇게 됐…… 잠깐."

과자를 하나 더 집어 먹으려던 아렌트가 문득 고개를 들었다.

"상단주님이 그걸 어떻게 알아요?"

"아까 르웰린 왕자님께서 연락을 주셨습니다. 아렌트 경이 도망쳤는데, 분명 그쪽으로 갈 거니 잘 데리고 있어 달라고요. 그때 조만간 엘프 왕국으로 가신다는 말씀도 전해 들었습니다."

툭.

노이만의 설명이 끝나기도 전에 아렌트가 들고 있던 과자가 바닥으로 떨어졌다.

욕과 함께 저절로 질린 목소리가 흘러나왔다.

"와…… 징한 새끼……."

"그래도 이곳에선 아렌트 경이 검을 잡을 일도, 무리해서 움직이실 일도 없을 테니 안심하시라고 말씀드렸습니다. 이따가 아서 경께서 모시러 오신다더군요."

견습 기사가 왕자를 향해 욕을 하든 말든 노이만은 평화롭게 말을 이으며 따끈한 차를 한 모금 음미했다.

"르웰린 왕자님과 사이가 좋으신 모양입니다."

"이게 지금 사이좋은 걸로 보이십니까?"

아렌트가 눈을 사납게 치떴다.

하지만 그런다고 해서 눈 하나 깜빡할 노이만이 아니었다.

"네, 충분히 그렇게 보입니다."

자애롭게 웃으며 귀여운 손자를 보는 듯한 눈빛인 상단주에 아렌트는 순간 할 말을 잃어버리고 말았다.

"황궁에만 계시기는 답답하셨던 모양이지요?"

"그것도 하루 이틀이지. 하루 종일 쫓아다니면서 잔소리하는 게 얼마나 귀찮은지 아세요?"

떨어진 과자를 주워 야무지게 입에 넣으며 투덜대는 꼴이 딱 그 나이대의 소년처럼 보이는지, 노이만의 입가에 저절로 미소가 맺혔다.

"다들 걱정하셔서 그러시는 거니 너무 골내지는 마시고요. 그나저나 이번에도 큰일이 벌어지는 것 같은데, 괜찮으십니까?"

"어떻게든 되겠죠. 상황이 썩 좋지는 않지만."

심드렁하게 대꾸하며 아렌트가 어깨를 으쓱하자 노이만이 걱정스러운 얼굴로 넌지시 말을 건넸다.

"다른 상단 쪽에서 엘프들이 교류를 완전히 닫았다는 말이 들리더군요. 아무리 르웰린 왕자님이 계신다더라도 입국이 쉬울 것 같지는 않습니다만……."

"들어갈 방법은 있을 거예요. 그 뒤가 문제지."

사실 그것 때문에 자꾸 머리가 복잡해졌다.

들어가는 거야 정령석을 빌미로 삼으면 된다고 하더라도, 그 뒤가 문제였다.

'그놈들을 믿어도 되나?'

어떻게 대화를 나누고 설득해야 할지는 두 번째 문제였다.

지금까지는 확실히 믿을 수 있는 사람들 위주로 세력을 불려 왔으나, 엘프는 아렌트에게도 미지의 영역이었다.

'원작에 나왔던 엘프 전사들도 완전히 신뢰할 수 없게 됐으니……'

'성검의 푸른 기사'에서 등장한 엘프 전사들 중에는 제법 강하거나 라이오스와 돈독한 사이가 된 자도 존재했다.

하지만 그들이 소설 안에서도 거짓말을 했을 가능성이 생겨 버린 지금, 엘프들을 판에 끌어들이기가 다소 꺼려졌다.

'그렇다고 아예 배제하긴 곤란해.'

그나마 다행인 것은 엘프들이 친근하게 여기는 르웰린이 제국 측에 합류했고, 그들의 약점이라고 할 수 있는 것들이 이쪽 손안에 있다는 점이었다.

하지만 당장 타협에 성공하는 것과 그들을 계속 신뢰할 수 있는 동료로 삼는 것은 다른 문제였다.

'지금도 미쳐 날뛰는데, 진이 소설에서 얌전히 있었을 것 같진 않단 말이지.'

어쩌면 그때도 이미 진은 엘프들에게서 도망쳐 악신교 측에 합류한 상태였을지도 몰랐다.

단지 이 사실이 밖으로 드러나지 않았을 뿐이지.

엘프들이 그 사실마저 숨기고 전쟁에 임했던 거라면…….

"허."

지금 당장 확실하게 기강을 잡아야 했다.

나중에 헛짓거리를 못 하도록.

생각을 마친 아렌트가 노이만에게 충동적으로 질문을 던졌다.

"상단주님, 이스트 상단에 계실 때 엘프에 대해서 들으신 건 없어요?"

"흠…… 이스트 상단도 엘프나 드워프의 물건들을 취급하긴 했지만, 직접 수입하는 것이 아니라 공급책을 중간에 낀 형태였습니다. 엘프의 물건을 수입하는 건 황실에서 허가를 받은 상단만 가능하단 사실은 아시지요?"

아렌트가 고개를 끄덕이자 노이만이 말을 이었다.

"이스트 상단은 허가를 받지 못했습니다. 굳이 엘프의 물건을 취급하지 않아도 충분히 규모가 컸기 때문이지요."

"황실에서 중소규모 상단에만 허가를 내줬다는 거예요?"

"네, 폐하께서 시장 균형을 맞추기 위해 그리 결정하셨다 들었습니다. 물론 상단주님께서는 다소 유감스럽게 여기셨지만요."

"흐음……."

아렌트는 눈동자를 데굴 굴리며 차를 홀짝였다.

그러자 노이만이 의아하게 물었다.

"그런데 이걸 저한테 여쭤보시는 이유가 있으십니까? 엘프에 대해서는 르웰린 왕자님께서 훨씬 더 잘 알고 계실 텐데요."

"물론 그렇겠지만, 저는 거래 상대로서의 엘프가 궁금한 거라서요. 그 녀석은 교류를 잘하는 거지, 장사를 잘하는 건 아니니까요."

"그것도 맞는 말씀이시군요. 엘프와 사이좋게 지내는 것과 거래하는 것은 엄연히 다른 일이니까요."

애매하게 대답하던 노이만이 다시 질문을 던졌다.

"아렌트 경께서는 그들을 거래 대상으로 보시는 겁니까?"

"글쎄요, 어떻게 대할지는 최대한 알아본 다음에 결정해야 할 일이죠."

그를 물끄러미 바라보던 노이만이 찻잔을 내려놓았다.

"아렌트 경께 드릴 작은 선물을 준비했는데, 아마 마음에 드실 겁니다."

"네?"

뜬금없는 말에 아렌트가 어리둥절해하려는 찰나.

쿵쿵.

누군가가 응접실의 문을 두드렸다.

"들어가도 되나?"

"들어오게."

워렌이었다.

노이만의 허락이 떨어지자마자 워렌이 산더미 같은 자료들을 품에 껴안은 채 안으로 들어왔다.

쿠웅.

워렌이 들고 온 서류들을 아렌트의 앞에 내려놓자 육중한 소리가 났다.

눈을 깜빡이는 아렌트를 힐끗 본 워렌이 노이만에게 보고했다.

"최대한 긁어모아 왔다. 최근 2년 동안 엘프와 거래한 상단 목록과 관련 기록, 시세, 엘프 목격담 등등."

"수고했네. 이따가 황궁까지 운반도 좀 부탁하네."

"알겠다."

워렌이 담백하게 대답하고서 물러난 뒤에도 아렌트는 얼떨떨하게 눈을 깜빡이고 있었다.

"아니, 이건 도대체 언제……?"

"몇 시간 전, 르웰린 왕자님의 연락을 받자마자 준비했습니다. 분명 아렌트 경이 이 자료들을 찾으실 거라 생각했지요. 아무래도 정답이었던 것 같군요."

노이만이 뿌듯하게 대답했다.

"황궁으로 돌아가신 뒤 천천히 확인해 보세요. 거래 상대로서의 엘프가 어떤지, 간접적으로나마 확인하실 수 있을 겁니다."

눈앞에 쌓인 산더미 같은 서류와 의기양양해진 노이만, 그리고 천연덕스러운 워렌을 번갈아 보던 아렌트는 결국 헛웃음을 터뜨릴 수밖에 없었다.

* * *

아렌트가 겨우 감시에서 해방된 날, 슈타들러 백작이 정령석을 가지고 황궁에 돌아왔다.

슈타들러 백작은 황태자의 집무실 안으로 들어선 후에도 경계를 늦추지 않았다.

"……."

독 오른 고양이처럼 주변을 두리번거리면서 책상 위에 상자를 내려놓는 그를 보다 못한 칸타레스가 한마디 건넸다.

"백작, 너무 그렇게 긴장하지 않아도 괜찮을 텐데……."

"무슨 말씀이십니까, 황태자 전하! 이게 얼마나 귀한 물건인지 아십니까?"

그러자 백작이 곧장 펄쩍 뛰며 답지 않게 큰 소리를 질렀다.

오는 길에 얼마나 노심초사했던 건지, 그렇지 않아도 창백하던 얼굴이 더욱 새파랗게 질려 있었다.

그 꼴을 본 칸타레스가 질린 얼굴로 중얼거렸다.

"어째 볼 때마다 상태가 나빠지는 것 같은데……."

"허허, 그럴 만도 하지요. 하루하루 새로운 일이 몰아치는 마당이니."

켄드릭이 조용히 맞장구를 쳤지만, 슈타들러 백작은 제대로 듣지조차 못한 것 같았다.

라이오스가 걱정스럽게 물었다.

"오시는 길에 별문제는 없으셨습니까?"

"네, 네…… 큰일은 없었습니다. 단지 워낙 귀중한 물건이라 손이 떨려서…… 후우, 그래도 무사히 여기까지 가지고 왔으니 한시름 놓았습니다."

뻘뻘 흐르는 땀을 닦아 내며 백작이 상자를 매만졌다.

뒤에서 기웃대던 아렌트가 슬그머니 그에게 다가갔다.

"이게 정령석이에요?"

"네, 그렇습니다. 지금부터 상자를 열 예정이니 뒤로 조금 물러서 주세요."

아렌트가 순순히 몇 걸음 물러났다.

백작은 주머니에서 장갑을 꺼내 끼고 긴장한 얼굴로 상자를 붙잡았다.

달칵.

잠금장치가 풀리고 천천히 상자가 열리며, 영롱한 빛을 품은 정령석이 그 모습을 드러냈다.

주먹만 한 정령석 네 개가 상자의 비단 위에서 조용히

빛을 냈다.

 마력 특유의 보랏빛만을 내는 마정석과는 달리, 정령석은 저마다 고유의 빛을 가지고 있었다.

 가공되지 않아 울퉁불퉁하고 투박한 모습이었지만 오히려 그래서 더욱 아름다웠다.

 한 걸음 물러서 정령석을 구경하던 켄드릭이 감탄사를 터뜨렸다.

 "정말 청량한 마력이 느껴지는군. 꼭 숲 한가운데에 서 있는 것 같아. 혹시 만져 봐도 되나, 백작?"

 "절대로! 안 됩니다! 혹여 흠집이라도 났다가는 엘프들이 가만히 있지 않을 겁니다!"

 "그쪽이 간수 못 한 건데, 우리가 거기까지 신경 써야 해요?"

 기사단장의 무신경한 말에 펄쩍 뛰던 백작은 이어진 아렌트의 질문에 배신당한 듯 얼굴을 구겼다.

 "그렇게 쉽게 말할 일이 아닙니다! 이건 엘프뿐만 아니라 전 종족의 보물이란 말입니다! 아직 정령석이 얼마나 큰 가치를 지니는지 모르시는 듯한데……."

 "알았으니 진정하세요. 농담이에요."

 곧바로 강의를 시작할 기세인 백작의 입을 막아 버린 후, 아렌트는 르웰린에게 시선을 주었다.

 "감상이 어때?"

"설마 네 개나 있을 줄은…… 그래도 훼손되지 않은 게 다행이라고 해야 하나."

르웰린은 엘프 장로의 집에 애지중지 모셔져 있던 물건들을 이 자리에서 보게 된 게 퍽이나 심란한 것 같았다.

다시 한번 식은땀을 닦아 내며 슈타틀러 백작이 말을 이었다.

"살펴본 결과 손상된 부분은 없었습니다. 급하게 도망치느라 얼마 챙기지 못한 게 이 정도니, 아마 놈들의 본거지에 정령석이 몇 개 더 있지 않을까 합니다."

"이야……."

르웰린의 입에서 감탄사가 터져 나왔다.

"초유의 사태야. 엘프 왕국이 뒤집어질 만도 해."

"이걸 돌려주겠다고 하면 순순히 국경을 열어 줄까요?"

"아마 그럴걸. 엘프들도 정령석을 찾느라 혈안이 되어 있을 테니까."

다이아나가 던진 물음에 르웰린이 쯧 혀를 찼다.

"아마 이미 엘프 전사들도 대륙에 파견되었을 거야. 지금쯤 진을 찾으려고 아주 난리도 아니겠어."

"무사히 엘프 왕국에 들어가려면, 일단 이게 우리 손에 들어왔다는 것도 숨겨야 한단 뜻이군요."

가만히 듣던 라이오스가 첨언했다.

그들의 목표는 엘프들의 영역까지 무사히 도달하는 거였다.

중간에 엘프 전사들을 만나 정령석을 빼앗기는 건 곤란했다.

왕국 안까지 들어갈 명분이 없어질 테니까.

슈타들러 백작이 땀범벅이 손수건을 갈무리하며 고개를 끄덕였다.

"정보는 최대한 차단했습니다. 다행히 정령석은 저 혼자 발견했고, 운반할 때도 조수들한테는 잘 둘러댔으니 걱정 안 하셔도 됩니다."

"훌륭해. 그쪽에 보낼 물건들도 준비됐으니 이제 남은 건······."

칸타레스의 시선이 자연스레 아렌트에게 향했다.

황태자와 눈을 마주친 아렌트가 어깨를 으쓱했다.

"이제 진짜 다 나았대요. 오늘 아침에 치료사한테 다녀왔어요."

"좋아, 그렇다면 내일 출발하는 것으로 하고. 인원은 라이오스 단장과 아렌트, 리히트 경, 아서 경. 그리고 르웰린 왕자. 이걸로 되겠습니까?"

만족스럽게 고개를 끄덕인 칸타레스가 르웰린에게 마지막으로 확인하듯 물었다.

"네, 워렌은 여기에서 노이만 상단주님을 돕다가 탐험

가 연합 쪽으로 합류하기로 했습니다."

"알겠습니다. 혹시 에버란 왕국 측에 폐가 가지는 않겠습니까?"

"문제없습니다. 어렸을 때부터 워낙 자유롭게 지내서, 그냥 그러려니 하실 겁니다."

르웰린이 장난스럽게 씨익 웃어 보이자 칸타레스 역시 마주 미소 지었다.

"그리 말씀해 주시니 감사합니다. 혹여 왕께서 문제 삼으신다면 책임은 제가 지도록 하겠습니다."

"그러면 나중에 혼나지 않게 변명 잘 부탁드립니다. 그럼 이걸로 다 정리됐으니……."

농담처럼 대꾸한 르웰린이 곁에 선 아렌트의 어깨를 툭 쳤다.

"이번 꿍꿍이는 뭐야? 네가 직접 가겠다고 한 거니 분명 속 시커먼 계획이 있을 거 아냐."

"왜 당연히 나한테 꿍꿍이가 있을 거라고 생각해? 그리고 내 속이 어디가 시커멓다는 건지도 전혀 모르겠는데."

하지만 아렌트는 평소처럼 시큰둥하게 대답할 뿐이었다.

그러거나 말거나 르웰린은 장난스럽게 고개를 기울이며 눈초리를 휘었다.

"그래서, 없다고?"

"아니, 있어."
그와 눈을 마주친 아렌트 역시 슬쩍 입꼬리를 휘었다.

* * *

오래전부터 계획한 출정이다 보니 출발 준비는 제법 순조로웠다.

슈타들러 백작은 정령석에서 마력이 흘러 나가지 않도록 몇 겹이나 항마 처리를 해 주었고, 칸타레스는 엘프들에게 보낼 선물을 챙겨 주었다.

거기에 필립 황제까지 직접 서신을 작성해 내려 주었으니, 소박하지만 사절단의 구색은 완벽하게 갖춘 셈이었다.

그렇게 다음 날, 해가 뜨자마자 일행은 저마다 말에 짐을 한가득 실은 채 여정에 나섰다.

황성을 벗어난 뒤 르웰린이 간략하게 길을 설명했다.

"네펠레 왕국을 거쳐서 가는 게 제일 빠를 거야. 항구에서 배를 타고 건너면 바로 엘프 제2왕국의 영역이 나오니까."

"그렇습니까? 육로를 통해서 가거나, 제국 남쪽 해안에서 배를 타는 것이 보통이라고 아는데요."

아서가 의아하게 묻자 르웰린이 덧붙였다.

"공식적인 무역 루트는 그렇지만, 일단 지금은 빠르게 움직이는 게 최선이니까. 네펠레 왕국을 거치는 게 직선거리야."

출발하기 전, 르웰린은 미리 네펠레 왕국 측에 연락해 길을 빌려줄 수 있느냐 물었다.

네펠레 왕국은 흔쾌히 허락해 주었다.

가만히 듣던 라이오스가 염려의 말을 꺼냈다.

"그렇다면 중간에 루카인 왕국의 영토도 거치게 되겠군요. 길이 꽤 험할 듯싶은데, 괜찮으시겠습니까?"

르웰린이 아무렇지 않다는 듯 대꾸했다.

"라이오스 단장, 설마 내가 누군지 잊어버린 건 아니지? 철든 뒤로는 따뜻한 침대보다 밤하늘을 벗 삼아 잔 날이 더 많다고. 야영은 라이오스 단장보다 내가 훨씬 더 익숙할걸?"

"……실언했습니다."

잠깐 입을 달싹이던 라이오스가 사과했다.

상대는 평범한 왕자가 아니라 탐험가 르웰린이었다.

씨익 웃어 보인 르웰린이 말의 속도를 높여 가장 선두에 나섰다.

"우하하하! 나를 따르라, 졸개들아!"

"건방지게 누구더러 졸개래. 닥치고 길 안내나 해."

하지만 아니나 다를까, 찬물을 끼얹는 밉살맞은 소리가

불쑥 끼어들었다.

르웰린은 제 옆으로 다가온 아렌트를 황당하게 쳐다봤다.

"……너, 지금 나한테 건방지다고 했어?"

"그럼 너지 누구겠어. 왜, 억울하면 왕자 취급해 줄까?"

"……."

본전도 못 건진 르웰린이 입을 꾹 다물었다.

이 꼴이 제법 익숙해진 아서와 리히트는 슬그머니 못 본 척했다.

라이오스는 아렌트를 나무라야 하는지 심각하게 고민하다 이내 입을 다물어 버렸다.

그 뒤로 긴 여정이 이어졌다.

르웰린은 탐험가답게 지름길이란 지름길은 죄다 파악하고 있었고, 최대한 효율적인 루트를 골라 일행을 안내했다.

심지어 야영할 자리도 기가 막히게 찾아내는 덕분에 그들은 전에 없이 편하게 이동할 수 있었다.

최대한 빠른 길만 골라 이동하기를 며칠.

이제는 모닥불 근처에 둘러앉아 농담 따먹기를 하는 것도 퍽 익숙해졌다.

겨울이 가까워지는 계절의 밤공기는 꽤 차가웠다.

얼음 조각처럼 박힌 별이 밤하늘에 반짝이고, 어렴풋한

달빛이 은은히 쏟아지는 황야에서 온기가 느껴지는 것이라곤 일행이 피운 모닥불뿐이었다.

타닥, 타닥, 소리를 내며 타오르는 불씨를 키우려 장작을 넣던 아서가 문득 생각났다는 듯 운을 띄웠다.

"그건 뭔데 하루 종일 보고 있어?"

"노이만 상단주님이 주신 건데, 2년간의 엘프 목격담이랑 상단 거래 목록이요."

육포를 냠냠 씹으며 아렌트가 건성으로 대꾸했다.

견습 기사의 손에는 오늘도 종이 조각 몇 개가 쥐여져 있었다.

"그걸 봐서 뭐 하게?"

"파악하는 거죠. 뭐든 모르는 것보다는 아는 게 훨씬 나으니까."

아렌트가 손을 휘휘 내젓자 아서가 살며시 미간을 구겼다.

"그나저나 꿍꿍이가 있다더니, 아무것도 안 가르쳐 줄 거냐? 뭔지는 알려 줘야 장단을 맞추든 말든 할 거 아냐."

"알려 주면 장단은 맞출 수 있어요? 그냥 적당히 눈치껏 있다가 맞장구나 치세요."

"에라, 싸가지 없는 새끼."

아서가 손에 있던 장작 조각을 휙 던졌다.

그것을 여유롭게 잡아챈 아렌트가 모닥불 안으로 던져 넣었다.

나뭇조각이 타닥, 소리를 내며 새빨갛게 타올랐다.

이번에는 르웰린이 질문을 던졌다.

"파악해 보니 어떤데?"

"조심스럽고, 의심 많고, 꽉 막혔고, 손해 보는 걸 싫어한다…… 이 정도? 첫인상이랑 그리 다르지 않은데."

"확실히 그런 면이 있긴 하지. 매사에 신중하고 쉽게 결정을 내리지 않아. 남에게 빚지지도 않지만 보은도 확실히 해."

아렌트가 한 말과 비슷하지만 다른 뉘앙스였다.

아렌트가 드디어 서류에서 시선을 떼고 고개를 들었다.

"무슨 말이 하고 싶은데?"

"음, 물론 지금 상황에서는 엘프 쪽이 실수한 게 맞지만, 단지 교류하는 방법을 몰라서 그러는 걸지도 모른다고. 내가 이렇게 말하는 것도 웃기긴 한데……."

마른침을 한 번 삼킨 르웰린이 덧붙였다.

"그냥, 뭐. 너무 미워하지 말라고. 그럴 만한 사정이 있을 수도 있잖아."

"……."

아렌트는 대답하는 대신 눈을 깜빡이기만 했다.

아서와 리히트, 그리고 라이오스 역시 아무 말도 하지

않은 채 가만히 둘을 지켜보았다.

르웰린이 뭘 염려하는지는 충분히 짐작할 수 있었다.

그렇지 않아도 썩 가깝다고 할 수만은 없는 인간과 이 종족 사이에 감정의 골이 더욱 깊어질까 봐 걱정하는 것이다.

침묵이 이어지자 르웰린이 횡설수설 덧붙였다.

"아니, 그냥 그렇다고! 물론 지금 사태는 해결해야지, 어떻게든. 그래도 너무…… 그래, 너무 적대적으로 나가면 피차 좋지는 않잖아. 안 그래?"

"그걸 왜 나한테 말하냐?"

하지만 당연히 좋은 말이 돌아올 리는 없었다.

인상을 구긴 아렌트가 짜증스레 대꾸했다.

"높으신 분이든 귀족이든, 엘프든 먼저 아니꼽게 굴었으면 그쪽도 골탕 먹을 각오는 해야 하는 거 아냐? 그 뒤가 어떨지는 나야 모르지. 멍청한 왕자도 마찬가지고."

"어?"

다 읽은 종이를 불 안에 던지며 아렌트가 담백하게 덧붙였다.

"뭐가 그렇게 심각해? 진지하면 지는 거야."

이건 희극이지, 절대로 비극이 아니었다.

르웰린이 제대로 알아듣지 못해 버벅거리는 사이, 아렌트는 선배들을 향해 시선을 주었다.

그들은 어느새 황무지 너머로 보이는 숲 쪽을 유심히 바라보고 있었다.

사실 아렌트 역시 아까부터 눈치채고 있었다.

그제야 이상한 낌새를 알아차린 르웰린이 입을 다물었다.

슬쩍 입꼬리를 올린 아렌트가 유쾌하게 덧붙였다.

"쉽게 말해서 쓸데없는 걱정이라는 뜻이지, 멍청한 왕자님."

파사삭!

그 말이 신호라도 된 듯, 수풀 속에서 무언가가 날카롭게 비상했다.

그와 동시에 품에서 단도를 꺼낸 리히트가 그에 대응했다.

퍽!

빠르게 날아간 단도에 맞은 무언가가 바닥에 툭 떨어지는 소리가 들렸다.

탁. 타닥.

여전히 모닥불은 따스한 온기를 품은 채 타오르고 있었다.

그러나 르웰린은 더 이상 거기에서 온기를 느낄 수는 없었다.

기사들이 마치 먹잇감을 발견한 들짐승처럼 어둠 저편을 조용히 노려보기 시작한 탓이었다.

4장. 우릴 조롱하는 건가?

우릴 조롱하는 건가?

라이오스가 조용히 말했다.
"셋…… 아니, 넷이군."
"기척이 거의 느껴지지 않습니다."
검 위에 손을 얹은 리히트 역시 그렇게 덧붙였다.
짧은 평화가 깨지고 단숨에 긴장감이 흐르기 시작한 순간, 르웰린은 아무런 말도 할 수 없었다.
표정이 굳은 왕자를 힐끗 본 아서가 물었다.
"왕자님, 저게 뭔지 혹시 아십니까?"
"……엘프들이 사용하는 정찰용 새야."
진짜 살아 있는 새는 아니지만, 숲 종족 엘프 고유의 마력을 담고 움직이며 주변의 기척을 잡아내 주인에게 전달해 주는 물건이었다.

어둠 저편에서는 아직 아무런 반응도 없었다.

정찰용 새가 격추됐다는 걸 알아차렸을 게 분명했다.

그런데도 반응이 없는 것을 보니, 당장 싸울 생각은 없는 모양이었다.

한참 동안 날 선 공기가 오가던 중, 상황과 어울리지 않는 태연한 목소리가 흘러나왔다.

"이쯤에서 이실직고하자면요."

"……?"

아렌트였다.

어둠 저편을 무심한 눈길로 응시하며 견습 기사가 툭 내뱉었다.

"선배가 물었던 꿍꿍이, 사실 한참 전부터 진행 중이었어요."

"뭐?"

"슈타들러 백작님이 항마 처리해 주신 거요. 출발하기 직전에 조금 손댔거든요."

"……."

휘이잉.

싸늘한 바람이 일행을 쓰다듬고 지나갔다.

리히트와 아서는 뻣뻣하게 굳은 목을 억지로 움직여 아렌트를 보았다.

르웰린 역시 경악해 턱을 아래로 떨어뜨렸고, 라이오스

는 순간 말문이 막혀 얼이 빠지고 말았다.

그러거나 말거나, 아렌트는 그저 제 선배들을 향해 한심하단 눈빛을 보낼 뿐이었다.

"진짜 아무도 눈치 못 챘어요? 기사라는 사람들이 그렇게 둔해 빠져서야."

"……."

매번 당해도 적응이 안 되는 저 뻔뻔함 탓에, 어처구니가 없어져 뭐라 대꾸할 말도 떠오르지 않았다.

슈타들러 백작이 항마 결계에 공을 들인 이유는 혹여라도 엘프들이 정령석의 기운을 쫓아올지도 모르기 때문이었다.

아렌트가 그걸 손댔다는 건…….

일부러 엘프들을 이쪽으로 유도했다는 뜻이었다.

입만 뻥긋거리던 아서가 황당하게 중얼거렸다.

"저거 진짜 미친 새낀가……?"

혼잣말이 점점 커지더니 곧 아서는 머리를 쥐어뜯기 시작했다.

"아니지, 이제 와서 이런 소리 하는 것도 웃기지. 야, 이 미친놈아! 지금 이게 무슨 정신 나간 짓거리야? 안 그래도 골치 아파 뒈지겠는데!"

"시끄러워 죽겠네. 꼬우면 먼저 움직였어야죠. 둔해 빠진 주제에 말이 많네."

우릴 조롱하는 건가? 〈145〉

그러거나 말거나 아렌트는 귀를 후비적거릴 뿐이었다.
넋이 나간 리히트와 라이오스는 발광하는 아서를 미처 말릴 생각도 하지 못했다.
간신히 정신을 차린 르웰린이 더듬더듬 물었다.
"왜, 왜? 도대체 왜? 엘프들한테 안 들키게 가는 거 아니었어?"
"왜냐니. 그러면 정체도 모를 놈들이 계속 제국을 헤집고 다니게 내버려 둬? 그놈들이 정령석을 찾겠답시고 엉뚱한 곳에서 소란이라도 일으켜 봐. 그게 더 골치 아프지."
나름대로 타당한 이유에 그들은 다시 한번 할 말을 잃어버리고 말았다.
멍하니 있던 리히트가 가까스로 마음을 다듬고 더듬더듬 물었다.
"그래서…… 일부러 이쪽으로 유도했다고?"
"그렇죠."
아렌트가 어깨를 으쓱했다.
"목적지를 공표 안 했으니까 우리가 어딜 가는지 알아낼 길이 없었겠지만, 그래도 일단 저놈이 껴 있다는 점에서 목적지가 어딘지는 대충 감을 잡았을 것 같았거든요."
탐색 정도는 하러 올 거란 사실은 그들도 충분히 예상했다.

그래서 더욱 항마에 신경을 기울였고.

미간을 꾹꾹 누르며 라이오스가 짧게 재촉했다.

"……계속 말해."

"기껏 찾아왔다가 그냥 돌아가면 아쉽잖아요? 딱 긴가민가할 정도로만 만져 봤어요. 꽤 어려웠는데 마정석을 쓰니까 어떻게든 되더라고요."

이따금 그들은 아렌트의 쓸데없이 많은 재주에 절망할 때가 있었는데, 그게 바로 지금이었다.

기사들이 지금껏 눈치채지 못한 것도 이상한 일은 아니었다.

항마 결계가 완전히 깨진 것도 아니고, 결계 사이에 마정석이 하나 슬쩍 끼워졌을 뿐이니까.

견습 기사의 수작질 하나로 안성맞춤 엘프용 덫이 완성된 것이었다.

양손에 얼굴을 파묻은 아서가 우는 소리를 냈다.

"도대체 그 잘난 손재주를 왜 그딴 식으로 쓰는데……!"

"어디든 쓰면 그만이죠. 제법 훌륭하지 않아요?"

그 꼴을 보며 아렌트가 손을 휘휘 내저었다.

거기에 대고 더 할 말이 있을 리가 없었다.

불과 몇 분 전까지 흐르던 긴장감은 온데간데없이 사라지고, 남은 것은 진득한 허탈감뿐이었다.

맥이 풀린 라이오스가 마음을 내려놓은 채 한숨을 푹

내쉬었다.

"그래, 이미 벌어진 일이라 치고…… 어쩔 셈이지?"

"글쎄요, 그건 저쪽이 어떻게 나오는지에 따라 달렸는데."

무심하게 대답한 아렌트가 눈동자만을 데굴 굴려 르웰린을 보았다.

"아까 우리가 한 대화, 놈들한테도 들렸을까?"

"……저쪽 숲에 숨어 있는 게 맞다면, 정찰용 새가 파괴되었으니 제대로 듣지는 못했을 거야. 하지만 정령석이 여기에 있다는 건 확실하게 알았겠지."

지끈대는 이마를 부여잡고 있던 르웰린이 탄식처럼 대답을 내뱉었다.

아렌트가 씨익 만족스러운, 혹은 사악하기 그지없는 미소를 지었다.

"그건 좀 아쉽네. 그래도 이왕 동행이 생겼는데, 재밌게 가 보자고요. 얼마나 신중하게 따라붙을지 기대되네."

엘프들 입장에서는 피가 말릴 것이다.

큰 마음먹고 정찰을 보냈더니 그것도 격추당하고, 정령석을 빼앗고 싶어도 르웰린과 사이가 틀어질까 봐 당장 덤비지도 못하는 상황이다.

애초에 덤벼 봤자 이쪽에는 라이오스가 있으니 기 한번 제대로 펴지 못하고 제압당하겠지만.

결국 그들로서는 이러지도 저러지도 못한다는 뜻이었다.

르웰린이 새삼스럽게 경멸 섞인 감탄사를 터뜨렸다.

"와, 진짜 성깔 죽인다······."

그 짧은 한마디에 일행은 모두 동의할 수밖에 없었다.

제국을 완전히 벗어나 루카인 왕국 영토의 끝자락에 다다라서도 그 어색한 동행은 계속되었다.

자꾸만 느껴지는 시선에 신경이 거슬려 기사들은 죽을 노릇이었다.

하지만 저쪽이 아무런 행동도 취하지 않으니 그들 역시 먼저 반응할 수도 없었다.

결국 며칠 뒤, 또다시 야영을 준비하며 리히트가 괴로운 목소리로 화두를 던졌다.

"······이거 어떻게 좀 안 되나?"

며칠 동안은 뭘 하든 시선이 따라붙고 있었다.

모닥불을 피우려 장작을 모을 때나 식수를 확보할 때.

잠깐 마을에 들러 필요한 물건을 살 때 등등, 모든 일거수일투족을 감시당하는 기분이었다.

모르는 척하는 데도 한계가 있었다.

하지만 아렌트는 그저 천연덕스러울 뿐이었다.

"즐겨요. 선배가 언제 또 이렇게 관심을 받아 보겠어요?"

"네놈이 대화할 만한 상대가 아니라는 걸 자꾸 잊어버려서 큰일이다."

"그건 선배가 바보인 탓이고."

"리히트, 참아라. 싸워 봤자 본전도 못 찾는다."

밉살맞은 대답에 리히트가 살며시 주먹을 쥐는 것을 본 라이오스가 착잡한 얼굴로 말렸다.

"며칠 뒤면 네펠레 왕국으로 들어간다. 그때가 되면 무슨 수든 생기겠지."

왕궁에서 하루 머물고 다음 날 배를 타기로 했으니, 그 이틀 사이에 결론이 날 것이다.

설마 그들이 엘프들의 영역으로 넘어가는 걸 그냥 두 눈 뜨고 보고 있지만은 않을 테니까.

기사들이 속이 쓰린 만큼, 지켜보는 엘프들은 더욱 곤란할 것이다.

그리고 아렌트는 그게 제법 즐거운 것 같았다.

손 하나 까닥 안 하고 이렇게까지 사람 피를 말리는 게 가능한 사람은 아마 저놈뿐일 것이다.

네펠레 왕국에 다다를 때까지도 이런 지지부진한 상황은 계속되었다.

그리고 결국, 왕궁 앞까지 마중 나온 마티어스 왕자의 입에서 이런 말이 튀어나오고 말았다.

"오랜만에 뵈었는데 실례인 줄 압니다만, 혹시 무슨 일이라도 있으셨습니까? 안색이 좋지 않으신데…….”

"……아무 일도 아닙니다, 왕자님. 환대해 주셔서 감사합니다."

라이오스는 이렇게 대답할 수밖에 없는 자신의 처지가 약간, 아주 약간 한스러웠다.

* * *

왕궁 안으로 들어오고 나서야 일행은 끈덕진 시선에서 벗어날 수 있었다.

마음속으로나마 안도하며, 그들은 안내받은 방에서 옷매무새를 정리하고서 곧장 왕과 왕세자를 알현하러 나섰다.

왕좌에 앉은 왕과 그 옆에 선 왕세자를 마주한 기사들이 예를 취했다.

"칼리온 제국의 황실 제3기사단 단장, 라이오스 드 윈프리드가 전하와 왕세자 저하를 뵙습니다. 흔쾌히 길을 빌려주셔서 감사합니다."

"고개를 들게."

왕의 허락이 떨어지자 기사들이 고개를 들었다.

국왕을 대신해서 앞으로 한 걸음 나선 왕세자가 미소 지으며 운을 뗐다.

"여러분의 방문을 루체 님의 이름으로 환영합니다, 라이오스 단장. 그리고 기사 여러분."

"환대해 주셔서 감사합니다, 왕세자 저하."

라이오스가 다시 한번 묵례했다.

아렌트는 새로운 등장인물을 가만히 살펴보았다.

'이사벨라 네펠레.'

알로이스가 불명예스럽게 내놓은 왕세자 자리를 조용히 계승한 인물이었다.

매사에 소심하고 조심스러운 마티어스와는 다르지만, 그렇다고 알로이스처럼 함부로 행동할 것 같지도 않았다.

예의 바르지만 과하게 정중하지도 않은 것이, 방문객의 마음을 편안하게 해 주려는 배려가 엿보였다.

확실히 마티어스나 알로이스보다 왕세자의 자리에 걸맞은 인물이라는 평을 내리는 와중, 이사벨라가 다시 운을 뗐다.

"일전 루카인 왕국에서의 일에 대해서 뒤늦게나마 사죄와 감사 인사를 드립니다. 내부에서 단속을 했어야 하는데, 부끄러울 따름입니다."

"이미 지난 일이니 마음에 두지 않으시길 바랍니다, 저하."

"그리 말씀해 주시니 감사합니다."

이사벨라가 미소 지으며 고개를 살짝 숙이는 순간, 그

녀의 시선이 아렌트에게 닿았다가 떨어졌다.

하지만 그건 아주 잠시뿐이었다.

왕세자가 다시 물러나자 국왕이 미소 지으며 말을 이었다.

"내 자식 교육이 부족한 탓일세. 먼 여정 동안 피로했을 테니 이만 물러가 푹 쉬도록 해. 마음 같아서는 크게 대접해 주고 싶지만, 시간이 여의치 않다는 게 아쉽군."

거기까지 말한 국왕 역시 라이오스의 뒤에 시립한 아렌트를 향해 눈길을 주었다.

아서와 리히트가 그 사실을 눈치챌 때쯤, 국왕이 다시 운을 뗐다.

"루카인 왕국의 회담에서 벌어진 일에 대해서는 소상히 들었다네. 아렌트 폰 에크하르트 경."

"하문하십시오, 전하."

아렌트가 자세를 바로 하며 단정히 대답했다.

"르웰린 왕자와도 돈독한 사이라지? 왕자에게 우리 왕국을 도와 달라고 부탁한 것 역시 자네라고 하더군."

국왕이 푸근한 미소를 지으며 덧붙였다.

"그 점까지 포함해서 감사를 표하지. 필요한 것이 있다면 언제든 말하게. 루체 님의 이름으로, 결코 그대가 보여 준 의리를 잊지 않겠네."

"저는 그저 해야 할 일을 했을 뿐입니다. 말씀만으로도 황송합니다, 전하."

 겸손하고 반듯한 기사답게 대답하는 아렌트를 본 선배들은 자꾸 썩어 들어가려는 표정을 어떻게든 관리하려 애써야 했다.

 하지만 그런 속사정을 알 리 없는 국왕은 그저 흡족하게 고개를 끄덕일 뿐이었다.

* * *

"여우 같은 놈."

"소름 끼치는 자식."

 식사 자리에 둘러앉아, 아서와 르웰린이 나란히 눈을 홉뜨고 견습 기사를 노려보았다.

 그러거나 말거나 아렌트는 제 몫의 연어 스테이크를 야무지게 썰어 입에 쏙 넣을 뿐이었다.

"남의 나라 왕실에서 배 째라고 드러눕는 걸 보고 싶었던 모양이죠?"

"……."

 발 뻗을 자리를 정말 기가 막히게도 알아보는 놈이었다.

 리히트는 짧게 한숨을 내쉬며 타들어 가는 목을 포도주로 축였다.

'마티어스 왕자님도 자리를 비워 주셔서 다행이군.'

하마터면 추한 꼴을 보일 뻔했다.

라이오스도 마침 같은 생각인지 묵묵히 식사에만 집중할 뿐이었다.

네펠레 왕실과는 엘프 영역에 다녀온 뒤, 다시 한번 회포를 푸는 것으로 아쉬움을 달래기로 했다.

왕과 왕세자 모두 아렌트에게 관심이 지대한 것을 보니 오랜만에 위장이 쿡쿡 쑤시는 기분이었다.

아렌트의 탁월한 내숭, 혹은 연기 덕분에 두 사람은 이미 그가 정의롭고 용감하며 예의까지 바른 젊은이라고 평을 내린 것 같았다.

그를 조금이나마 겪어 본 마티어스마저 '성격이 조금 괴팍하지만 알고 보면 좋은 청년'이라고 생각하는 모양이니, 지켜보는 이들로서는 속이 쓰릴 수밖에 없었다.

'물론 아렌트가 가면을 쓰기로 마음먹은 이상, 본모습을 보실 일은 아마도…… 없겠지만.'

그것조차 아렌트가 마음먹기에 따라 달려 있으니, 언제 터질지 모르는 화약고를 떠안은 기분이었다.

"맛있나?"

"넵."

그들의 속을 알 리 없는, 사실 알아도 전혀 신경 쓰지 않을 견습 기사는 그저 야무지게 식사에만 집중할 뿐이었다.

"……그래, 많이 먹어라."

라이오스는 그냥 모든 것을 다 내려놓았다.

식탁에는 칼리온 제국에서는 찾아보기 힘든 신선한 해산물 요리들이 가득 올라가 있었다.

동석한 사람이 아렌트가 아니었다면 다른 이들 역시 마음껏 즐길 수 있을 만큼 휘황찬란한 식사였다.

그 앞에서 이러쿵저러쿵 떠들며 걱정하는 것도 만찬을 준비해 준 사람에겐 불경한 일이었다.

식사가 마무리되어 갈 무렵, 르웰린이 먼저 화두를 던졌다.

"그나저나…… 어떻게 할 거야? 내일 아침에 바로 항구로 가야 되잖아. 그 전에 어떻게든 해야 하지 않아?"

아직도 생고생하며 그들의 뒤를 밟고 있는 엘프들 이야기였다.

냅킨으로 입을 닦은 아렌트가 고개를 끄덕였다.

"슬슬 입질이 올 때가 됐지. 약도 제대로 올랐을 테고…… 남의 왕궁에서 소란 피우는 것도 좀 그러니까."

이쯤 되면 엘프들도 기사들이 일부러 자신들을 유인했다는 걸 깨달았을 터였다.

일행을 둘러본 아렌트가 씨익 입꼬리를 올렸다.

"그런 의미에서 밤 산책 갈래요?"

"……."

황금색 눈동자가 장난스럽게 반짝였다.

아렌트가 저런 낯짝으로 말할 때는, 애초부터 거부권은 없다고 봐야 했다.

일행이 일제히 한숨을 폭 내쉬었다.

* * *

"실비안 님."

초조함이 그대로 녹아 있는 목소리가 그녀를 채근했다.

"이대로 가만히 있으실 겁니까? 무슨 행동이라도 해야 하지 않을까요?"

수하가 한 번 더 재촉했지만 실비안은 대답하지 않았다.

푸른 숲을 고스란히 품은 것 같은 그녀의 에메랄드빛 눈동자가 가만히 어둠 너머를 응시했다.

어둠에 몸을 숨긴 엘프 전사들은 높게 솟아오른 네펠레 왕국의 시계탑에 올라 왕궁 안을 훔쳐보고 있었다.

평화로운 왕국의 밤은 그저 조용했다.

하지만 실비안의 마음은 그렇지 못했다.

'내가 실수하고 있나?'

불현듯 그런 생각이 들었다.

정찰용 새를 떨어뜨리고 나서도 기사들은 별다른 반응을 보이지 않았다.

이쪽의 시선을 알아차린 듯, 긴장하는 모습이 관찰됐지만 그것도 잠깐이었다.

난데없이 저들끼리 투닥대며 싸우는 모습에 그녀는 당황하고 말았다.

그 뒤로 정찰새를 보낼 엄두조차 내지 못하고 미행만 하길 또 한참.

결국 그들은 네펠레 왕국에 다다를 때까지 어떠한 행동도 취하지 못했다.

저들이 정령석을 가지고 있다는 건 확실했다.

게다가 르웰린 왕자와 함께 네펠레 왕국까지 왔으니, 목적지가 어딘지도 분명했다.

'그런데 왜 우릴 지켜만 보는 거지?'

어느 순간부터는 기척도 숨기지 않고 노골적으로 뒤를 밟았다.

심적으로 압박감을 줘 보려 한 행동이었지만, 놈들은 전혀 아랑곳하지 않았다.

분명 미행을 알아차렸을 것이다.

작디 작은 정찰새의 기척에도 기민하게 반응하던 이들이니까.

모르는 척하는 건지, 아니면…….

'어디 한번 해 보라는 건가.'

이건 명백히 그들을 무시하는 행동이었다.

저절로 주먹에 힘이 들어갔다.

"……실비안 님, 저들이 밖으로 나왔습니다."

수하가 하는 말에 그녀가 다시 퍼뜩 정신을 차렸다.

그 말대로 일행이 느긋한 걸음걸이로 성을 빠져나오는 게 보였다.

이미 사람들도 완전히 잠든 시간.

텅 빈 밤거리에 두런두런 잡담을 나누며 나타난 그들은 식후 산책이라도 나선 것처럼 보였다.

그 모습에 실비안은 다시 한번 헷갈릴 수밖에 없었다.

혹시 저들은 아직 이쪽의 존재를 알아차리지 못한 게 아닐까?

그게 아니라면 저렇게까지 태연할 수는 없었다.

수하들 역시 퍽 혼란스러운지 서로 눈치를 보기 시작했다.

가벼운 차림인 그들에게 무장이라고 할 만한 것은 허리춤에 지닌 검 한 자루뿐.

게다가 정령석이 든 상자도 두고 온 것 같았다.

"저건 도대체……."

"이쪽으로 온다."

수하가 황당하게 중얼거리는 것을 막은 실비안은 가만

히 그들을 주시했다.

두런두런 대화를 나누다가도 이따금 티격태격하며, 그들은 엘프들이 몸을 숨긴 시계탑 쪽으로 다가오고 있었다.

"어떻게 할까요? 급습하기에는 지금이 적기일 듯싶습니다."

"……그래."

드디어 실비안이 천천히 고개를 끄덕였다.

엘프들은 등에 멘 화살을 당장이라도 꺼낼 수 있게 만지작대기 시작했다.

르웰린 왕자에게는 미안한 노릇이었지만, 그들이 지금 엘프 영역으로 들어가게 둘 수는 없었다.

무력을 사용해서라도 정령석을 빼앗아 여정을 단념시켜야만 했다.

지금껏 이쪽을 무시한 대가 역시 치르게 해야 하고.

실비안은 활에 화살을 꿰고 호흡을 가만히 가라앉혔다.

실제로 맞출 생각은 없었다.

기선 제압만 해도 충분하니까.

그때, 기사들이 광장에 들어서기 직전 걸음을 멈췄다.

실비안 역시 멈칫했다.

거리가 제법 먼 탓에 제대로 들리지 않았지만, 유난히 눈에 띄는 은발의 기사가 기사단장에게 뭔가를 제안하는 것 같았다.

기사단장은 곤혹스러운 얼굴을 했다.

하지만 은발의 기사는 막무가내로 그에게 단도 한 자루를 떠넘겼다.

'뭘 하는 거지……?'

실랑이가 잠시 이어졌다.

하지만 결국 은발의 어린 기사의 말에 모두가 납득한 듯 뒤로 물러서고, 기사단장이 한 걸음 앞으로 나섰다.

여전히 내키지 않다는 얼굴이었지만, 그것도 잠시.

기사단장이 고개를 들었다.

실비안이 기사단장의 새파란 눈동자와 시선이 마주쳤다는 것을 알아차린 순간.

검기 맺힌 단도가 긴 은빛 궤적을 그렸다.

"어?"

눈 한 번 깜빡할 시간이 흐른 뒤.

콰드득.

실비안의 뺨을 아슬아슬하게 스쳐 지나간 단도가 등 뒤의 벽을 파고들었다.

"……."

아무도 먼저 입을 열지 못했다.

뒤늦게 실비안의 흰 뺨에 새겨진 생채기에서 붉은 선혈이 한 줄기 흘러내렸다.

"저놈들이 감히……!"

이를 부득 갈아붙인 수하가 당장이라도 화살을 쏠 기세로 시위를 당겼다.

하지만 실비안이 그를 저지했다.

"기다려."

"예? 하지만……."

"따라와."

항변하려던 엘프는 실비안의 목소리가 가라앉은 것을 알아차리고는 입을 다물었다.

그녀의 선명한 녹색 눈동자에 은은한 분노가 녹아 있었다.

"아무래도 우리가 저들을 너무 호락호락하게 본 것 같군."

무기를 갈무리한 실비안이 숙였던 몸을 일으켰다.

그녀의 깨끗한 금발이 새파란 달빛 아래에 고스란히 드러났다.

실비안이 갑자기 모습을 드러냈지만, 기사들은 그다지 놀란 기색이 아니었다.

그녀는 수하들을 내버려 둔 채 가벼운 몸놀림으로 시계탑에서 뛰어내려 바닥에 안정적으로 착지했다.

탁.

몸을 일으키자 그제야 거리를 두고 멀찍이 지켜보던 기사들을 제대로 마주할 수 있었다.

익숙한 얼굴을 알아본 르웰린이 가장 먼저 탄식을 터뜨렸다.

"……실비안 님이셨군요."

"이런 식으로 마주하게 되어서 유감입니다, 르웰린 님."

그렇게 대답하면서도 실비안은 라이오스에게서, 정확히는 라이오스의 뒤에 선 아렌트에게서 시선을 떼지 않았다.

단장에게 단도를 건네준 건 바로 저 어린 기사였다.

지금도 그는 무슨 생각을 하는지 알 수 없는 황금색 눈동자로 그녀를 가만히 응시하고 있었다.

그리고 잠시 후.

청년의 입매가 보란 듯이 비웃음을 머금었다.

그 꼴을 보자니 어쩐지 배알이 뒤틀리는 기분이었다.

한동안 대치하고 있자니 뒤늦게 따라온 수하들이 그녀의 뒤에 시립했다.

실비안은 끓어오르는 감정을 가라앉힌 뒤 차분히 입을 열었다.

"우선 결례에 사죄드립니다. 저는 안개숲 친위대 대장, 실비안이라고 합니다. 칼리온 제국의 라이오스 드 윈프리드 단장 되십니까?"

엘프 특유의 듣기 좋은 목소리가 어두운 거리에 또박또박 울려 퍼졌다.

라이오스는 한 걸음 앞으로 나서며 응대했다.

"첫 만남이 좋은 모양새가 아니라 유감입니다, 실비안 대장. 라이오스 드 윈프리드입니다."

"솔직히 말해서 지금 굉장히 모멸감을 느끼고 있습니다."

한 치의 흐트러짐도 없이 실비안이 차분하게 말했다.

그녀의 시선이 르웰린에게 잠시 닿았다가 아렌트를 거쳐, 다시 라이오스에게 향했다.

"이쪽 역시 떳떳하지 못한 행동을 했다는 건 압니다. 그러니 잘잘못을 따지는 어리석은 짓은 하지 않겠습니다. 하지만 그럼에도 이것 하나만큼은 묻지 않을 수가 없겠군요."

달빛을 머금은 초록빛 눈동자에 싸늘한 분노가 드리웠다.

"굳이 우리를 여기까지 유인한 까닭이 뭡니까? 르웰린 님이 함께 계시니, 정령석이 우리들에게 어떤 의미인지 모르시지는 않았을 텐데요. 일부러 기운을 흘려 추적하게 만드시곤 그간 어떤 응대도 하지 않으셨습니다."

정제된 어조에 진득한 노여움이 깃들기 시작했다.

"어떤 경로로 그것을 손에 넣으신 건지는 알 수 없습니다만, 우리 일족의 배신자를 만나신 거지요? 이쪽이 어떻게 움직이는지 떠보고 싶으셨던 겁니까? 그 배신자 때문에 엘프를 믿지 못하게 되어서? 그게 아니면……."

화살을 쥔 그녀의 손아귀에 힘이 가득 들어갔다.

"우릴 조롱하는 건가?"

모두가 잠든 고요한 거리, 뭐라 말할 수 없는 살기가 감돌았다.

이종족 전사들은 당장이라도 튀어 나갈 기세로 독기를 담아 기사들을 노려보았고, 아서와 리히트 역시 금방이라도 검을 뽑을 수 있도록 준비했다.

일촉즉발의 상황.

실비안과 라이오스 역시 천천히 무기 쪽으로 손을 가져갔다.

그때, 상황과 어울리지 않는 태연한 목소리가 불쑥 튀어나왔다.

"거창하게 조롱까지야. 그냥 놀린 건데."

활을 꽉 쥔 실비안의 손이 삐끗했다.

뭐라 말할 수 없는, 아주 어색한 침묵이 흘렀다.

당장이라도 전투에 임할 것처럼 살기등등했던 리히트와 아서는 하마터면 검을 놓칠 뻔했다.

실비안과 대치하던 라이오스 역시 표정 관리에 실패하고 이마를 턱 짚고 말았다.

아까부터 자신은 아무 상관도 없다는 듯 멀찍이 물러서 있던 르웰린은 대충 예상대로 돌아가는 상황에 탄식을 터뜨렸다.

다른 건 몰라도 아렌트의 입을 막는 것은 세상의 그 누구도 불가능했다.

"실비안 님, 미안······."

그가 할 수 있는 거라곤, 단지 긴 엘프생 중 생전 처음 본 망나니를 상대하게 된 실비안에게 들리지도 않을 사과를 중얼거리는 것뿐이었다.

멍하니 있던 실비안이 퍼뜩 정신을 차리고 더듬더듬 물었다.

"잠깐, 방금 뭐라고······."

"조롱까지 갈 것도 없이 그냥 놀린 거였다고요. 다시 한번 말해 줄까요?"

주머니에 손을 꽂아 넣은 아렌트가 실비안을 똑바로 응시하며 또박또박 말했다.

"뭐 대단한 사람 납셨다고 조롱이나 해요? 당신이 그럴 가치나 있나?"

"뭐라고?"

"그쪽에서도 반응이 없길래 포기했나 싶었는데, 힐끔힐끔 쳐다보기나 하고. 고작 조금 놀림당했다고 발끈하는 꼴이 제법 재밌네요."

노골적인 비웃음을 띠며 아렌트가 삐딱한 미소를 지었다.

"아, 참고로 방금 한 건 조롱 맞습니다."

"……."

엘프들의 얼굴이 순식간에 참혹히 일그러졌다.

하지만 사정은 기사들 역시 마찬가지였다.

결국 라이오스가 이를 꽉 깨문 채 조용히 경고했다.

"……입 다물어라, 제발."

"제가 왜요? 음식 냄새 맡은 강아지처럼 졸졸 따라올 때는 언제고. 중무장한 걸 보아하니 정령석을 안 넘겨주면 습격이라도 할 생각이었던 것 같은데……."

아렌트의 시선이 실비안의 활과 화살, 그리고 허리춤에 매달린 검과 단도를 훑어보았다.

"실력도 안 되는 주제에 좀 가소롭지 않나?"

"실력이 안 된다고?"

가만히 듣고 있던 실비안이 험악한 기세로 한 걸음 앞으로 나섰다.

그런다고 물러설 아렌트가 아니었다.

"억울하시면 지금 라이오스 단장님이랑 한판 해 보세요. 이기면 인정해 줄게요."

"……."

라이오스가 검을 놓고 마른세수를 하기 시작했다.

"뭐 어쩌라고요. 설마 친위대 대장이라는 사람이 견습 기사 하나 이겨 놓고 의기양양해할 생각은 아니었겠죠?

난 그쪽도 상관없긴 한데."

실비안은 어처구니가 없어서 말문이 막히고 말았다.

아렌트는 그 틈을 놓치지 않고 이죽거렸다.

"그쪽의 배신자랑 만났으면, 왜요? 뭐가 달라지나? 그 자식 때문에 죽다가 살아났는데 좀 떠보면 안 됩니까? 대놓고 말해서 그쪽이 진짜 엘프 왕국 쪽에서 파견한 전사인지, 그 개자식이랑 한패인지 우리가 어떻게 알아요?"

거기까지 말한 아렌트가 고갯짓으로 르웰린을 가리켰다.

"설마 저놈이 있으니까 그럭저럭 괜찮을 거라고 생각하신 건 아니죠? 우리가 멍청이도 아니고."

"야, 야……!"

르웰린이 식겁해 그만하라며 손을 붕붕 내저었지만 아렌트는 아랑곳하지 않고 성큼 앞으로 나섰다.

아렌트와 실비안의 거리가 좁혀지자 엘프 전사들이 다시 몸을 긴장시켰다.

뒤에 선 기사들 역시 검자루에 손을 얹으며 엘프 전사들에게 움직이지 말라 경고했다.

아렌트는 실비안과 똑바로 마주 보며 싸늘하게 덧붙였다.

"먼저 시비를 걸었으면 사과할 생각부터 해야죠. 고개

빳빳이 쳐들고서 따지고 드는 건 어디의 예법인지?"

"……."

실비안은 아무런 말도 하지 않았다.

안개를 닮은 숲을 닮은 초록색 눈동자와 얼음물에 잠긴 호박 같은 황금색 눈동자가 허공에서 마주쳤다.

한참 뒤, 실비안이 입을 열었다.

"입이 상당히 험하군. 하지만 옳은 말이다. 그대의 입장에서는 그렇게 느껴질 수밖에."

한층 차분하게 가라앉은 목소리였다.

"하지만 굳이 사죄는 하지 않겠습니다. 방금 저 무례한 언사를 듣고 넘긴 것으로도 사과는 충분한 것 같으니까요. 어떻습니까, 라이오스 단장? 대화를 청합니다."

실비안의 시선이 다시 라이오스에게 향했다.

짧게 한숨을 내쉰 라이오스가 아서와 리히트에게 눈짓했다.

두 사람이 검을 놓고 자세를 풀자, 라이오스는 아렌트를 옆으로 밀치고 다시 앞으로 나섰다.

"그거야말로 원하던 바입니다, 실비안 대장. 아렌트, 너도 그만해라."

아렌트는 대답하는 대신 어깨를 으쓱하고 뒤로 물러섰다.

'긁는 대로 발끈하는 멍청이는 아닌 모양이지.'

엘프 전체의 뜻이 어떻든, 적어도 실비안은 자신들이 과오를 저지른 건 맞다고 여기는 것 같았다.

그렇다면 말이 영 안 통하는 상대는 아닐 것이다.

잠시 후, 그들은 왕성 외곽의 공터로 자리를 옮겼다.

각 국가의 대표가 자리한 회담치고는 지나치게 소박한 회의실이었다.

굴러다니는 나무토막을 주워 실비안과 라이오스가 마주 앉았다.

그 뒤에서 각자 엘프 전사들과 기사들이 단정히 시립해 기 싸움을 벌이고 있었다.

아렌트는 한 걸음 물러서서 실비안을 물끄러미 보았다.

청명한 달빛을 머금은 금발은 안개숲이라는 단어와 어울리게 몽환적인 색을 머금었다.

하지만 그것에 새삼 감탄을 터뜨릴 새도 없이, 아렌트는 상념에 잠겨 있었다.

'……처음 듣는 이름인데.'

실비안은 '성검의 푸른 기사'에는 등장하지 않았던 인물이었다.

게다가 안개숲 친위대의 대장은, 그가 기억하기로는 다른 사람이었다.

'교체됐나?'

그렇다면 원작에서 실비안은 계속해서 진을 추적하는

임무를 맡으며 친위대 대장 직을 내려놓고, 전쟁에는 다른 전사를 내보낸 것이다.

 지금 생각할 수 있는 가능성은 그것뿐이었다.

 전쟁 중, 라이오스는 실비안 대신 전쟁에 나간 엘프 전사와 제법 친해졌다.

 라이오스에게 정령석을 보여 준 게 바로 그 엘프 전사, 소설에서 안개숲 친위대의 대장직을 맡고 있던 자였다.

 '그때 대사가 어땠더라……'

 잠깐 기억을 더듬으려던 찰나, 실비안의 목소리가 그의 의식을 현실로 되돌려 놓았다.

 "먼저 질문이 있습니다. 르웰린 님은 어째서 신성 제국의 인간들과 동행하십니까?"

 "하하…… 아시다시피 이곳저곳 쏘다니는 게 취미라서요. 그리고 아까 실비안 님께 쏴 대던 싸가지 없는 놈이 제 친구라."

 "……."

 실비안이 굉장히 놀랍다는, 그리고 한편으로는 회의적인 얼굴로 아렌트를 보았다.

 그 시선을 고스란히 받아 낸 아렌트가 삐딱하게 대꾸했다.

 "참고로, 저쪽이 친구 해 달라고 매달린 겁니다."

 "성질이 더럽긴 한데 나쁜 놈은 아니에요. 그냥 무시하세요."

"예에……."

르웰린이 급하게 덧붙이자 실비안이 심히 의심스럽다는 얼굴로 고개를 끄덕였다.

라이오스가 화제를 돌렸다.

"실비안 대장, 아까 배신자라는 말을 언급하셨지요. 사정이 어찌 된 건지 여쭙고 싶습니다. 먼저 연락을 취하고 싶어도 국경이 봉쇄된 터라 직접 찾아뵈려던 길이었습니다."

"혹시 그자를 만나셨습니까? 우선 그것부터 확인해야 합니다."

"저는 아닙니다. 하지만 제 뒤의 부하들이 그와 전투를 치렀습니다. 정령석은 그자가 본거지를 버리고 도망치며 두고 간 겁니다."

그녀가 다급히 묻는 말에 라이오스가 차분하게 대답했다.

"우리 측 연구원의 말에 따르면, 정령석이 바람직하지 못한 일에 사용된 것 같다고 합니다. 엘프 왕국 내에서 무슨 일이 있었던 겁니까?"

"하아…… 이미 예상하셨겠지만 배신자가 정령석을 들고 도망쳤습니다. 그래서 국경을 봉쇄했고, 저와 부하들이 그자를 추적하기 위해 파견됐습니다."

그때, 다시 듣기 좋은, 하지만 지독하게 얄미운 미성이 불쑥 끼어들었다.

"그런 뻔한 소리 말고요. 누가 그걸 몰라서 물어요?"

"……."

"앞뒤 설명을 똑바로 하셔야죠. 그 자식이 왜 갑자기 정령석을 들고 튀었는지, 몇 개나 잃어버렸는지, 뭐 그런 것들요. 그래야 믿든 말든 할 거 아니에요?"

"저자가 보자 보자 하니까! 대장님께 무례가 지나치지 않나!"

결국 참다 못한 엘프 전사가 울컥해 외쳤다.

하지만 아렌트는 표정 하나 변하지 않고 고개를 갸웃할 뿐이었다.

"왜, 내가 틀린 말 했나? 아까도 이야기했잖아. 그놈이랑 그쪽이 한 패일지 누가 알아? 지금 주도권을 쥔 쪽은 당신네가 아닐 텐데."

"하아…… 물러서, 사할린."

한숨을 짧게 내쉰 실비안이 부하를 뒤로 물렸다.

사할린이라 불린 엘프 전사는 불만스러운 얼굴을 하면서도 뒤로 물러섰다.

실비안이 한층 가라앉은 눈으로 아렌트를 보았다.

"저 견습 기사가 무슨 말을 하고 싶은지는 알겠습니다. 라이오스 단장, 그대도 동의하는 바입니까?"

"저 녀석의 거친 언사에 대해서는 제가 대신 사죄드리

겠습니다. 하지만 틀린 말처럼 느껴지지는 않습니다."

라이오스가 담담하게 대답했다.

"엘프국의 상황을 알고 싶습니다. 그래야지 우리가 같은 배를 탄 동료인지 적인지 가늠할 수 있을 테니까요."

"……."

적이라는 단어에 실비안의 표정이 묘하게 흐려졌다.

"……어떤 점이 궁금하십니까? 아니지, 질문이 잘못되었군요. 어디까지 알고 계십니까?"

"죄송하지만 지금은 대답할 수 없습니다. 먼저 실비안 대장의 설명부터 듣겠습니다."

라이오스는 정중하게, 하지만 단호하게 대꾸했다.

자신의 말을 철회할 생각이 없는 결연한 얼굴에 실비안은 짧게 탄식을 흘렸다.

하지만 그것도 잠시.

그녀는 체념한 듯 어깨에서 힘을 뺐다.

"알겠습니다. 하지만 처음부터 끝까지 말씀드리기는 어렵습니다. 저는 단지 명령을 따르는 몸일 뿐이고, 그 이상은 제 관할 밖이니 그 점은 부디 감안해 주시기 바랍니다."

"물론입니다."

라이오스가 담담하게 고개를 끄덕였다.

어쩐지 아까부터 말려드는 것 같은 기분에 실비안은 착

잡한 눈으로 라이오스를 마주 보았다.

아니지.

이 상황을 만든 건 저 단장이 아니라 뒤에서 한마디씩 밉살맞은 말을 던지는 견습 기사였다.

다시 한번 한숨을 내쉬는 것으로 마음을 가다듬은 실비안이 다시 입을 열었다.

"배신자는 아주 어릴 때부터 위험한 호기심을 가지고 있던 아이였습니다. 어른들이 그를 막아서려 했지만, 그럴수록 감시를 피해서 자꾸만 엇나가더군요."

그 위험한 호기심이라 함은, 이상한 괴물을 만들어 낸 것과 분명 연관이 있을 것이다.

라이오스가 경청하고 있다는 뜻으로 고개를 끄덕이자 실비안이 말을 이었다.

"직접 대면하셨다면 아시겠지만, 그자는 아직 성년도 되지 않았습니다. 얼마간은 마을 안에서 얌전히 지내기에 안심했더니, 은퇴하신 장로님을 칼로 찌르고 정령석을 훔쳐 달아났습니다."

르웰린이 저도 모르게 불쑥 끼어들었다.

"장로님을요?"

"네. 다행히 장로님께서는 목숨에 지장은 없지만, 보관실을 지키던 호위 둘과 추적하던 전사 셋이 사망했습니다. 유례없는 사태지요."

최대한 차분한 어조를 가장하고 있었지만, 실비안의 목소리에서 어쩔 수 없는 동요가 비쳐 나왔다.

"고작 어린애에게 쉽게 당할 전사들이 아니었는데, 시신의 상태가 모두…… 괴이하더군요. 마치 짐승에게 물어뜯긴 것처럼 참혹한 모습이었습니다."

"아……."

기사들은 드래곤 레어에서 마주했던 온갖 짐승들을 떠올릴 수밖에 없었다.

무릎 위에 단정히 올라가 있던 실비안의 손이 조금씩 떨리기 시작했다.

"그렇게 분실된 정령석이 총 여덟 개입니다. 그놈은…… 동족을 살해하고, 마을에 보관된 정령석을 모두 훔쳐 달아난 겁니다."

생각보다 엄청난 사태에 르웰린이 탄식을 흘렸다.

기사들 역시 제법 당황한 것 같았다.

실비안의 수하들이 우물쭈물하며 그녀의 눈치를 보았다.

설마 여기까지 순순히 토로할 거라고는 예상치 못한 것이다.

잠시 동요했던 것이 거짓말인 것처럼, 실비안은 다시 허리를 곧게 펴고 라이오스를 똑바로 바라보았다.

"영토 내에서 빠져나가기 전에 체포하려 했으나 실패

했고, 배신자가 정령석을 들고 어디에 어디로 이동할지 모를 상황이라 우선 국경을 폐쇄했습니다. 그리고 저희는 그의 행방을 아직 알지 못합니다만, 추적자로서 정령석의 기운을 쫓아 여기까지 왔습니다. 이만하면 충분히 설명이 되었습니까?"

"……."

라이오스는 대답하는 대신 아렌트를 보았다.

그러자 기다렸다는 듯 아렌트가 짧게 대꾸했다.

"아뇨."

"……."

"좀 더 진솔해지시죠, 실비안 대장님. 마지막 부분은 거의 얼버무린 거나 마찬가지잖습니까."

실비안의 미간이 구겨졌다.

팔짱을 끼고 삐딱하게 선 아렌트가 또박또박 말을 이었다.

"그놈을 붙잡는 게 목적이었다면 엘프들과 교류하는 나라에 부탁해 수배령을 내리는 게 빨랐을 겁니다. 굳이 국경을 폐쇄한 데에는 다른 이유가 있었던 것 아니에요? 그리고 왜 하필 칼리온 제국에 계신 건데요? 방금 실비안 대장님이 하신 말씀에 따르면, 배신자의 흔적조차 아직 찾지 못했다는 것 같은데."

"……."

"그런 주제에 우리가 그놈이랑 대면했다는 걸 제법 확신하신 것 같았는데요. 이쯤 되면 그 여자가 어느 쪽에 합류했는지도 이미 알고 계신 것 아니에요?"

뭔가 말하려 입술을 뗐던 실비안이 다시 입을 다물었다가 이내 운을 뗐다.

"……말씀드릴 수 있는 건 거기까지입니다. 정령석을 돌려주셨으면 합니다. 충분히 이해하셨으리라 믿습니다."

"이해 못 합니다. 죄송하지만 이쪽도 볼 꼴 못 볼 꼴 다 본 건 마찬가지라서요. 제대로 설명하기 전에는 못 돌려줍니다."

하지만 아렌트는 여전히 고저 없는 목소리로 대꾸할 뿐이었다

"치부를 들키기 싫어서 발 동동 구르는 꼴이 썩 보기 좋네요. 아, 명령 핑계는 대지 않으시는 게 좋을 겁니다. 모든 게 윗선의 명령이라면, 지금 이 자리에서 실비안 대장님이 내리시는 판단은 전부 다 장로님의 뜻이라고 받아들여도 괜찮으시겠죠?"

"……아까부터 말을 지나치게 함부로 하는군."

"딱히 예의 차릴 이유를 모르겠어서요."

결국 실비안이 분노를 감추지 못하고 살기를 드러냈지만, 그렇다고 눈 하나 깜빡할 아렌트가 아니었다.

아렌트의 황금색 눈동자가 싸늘하게 실비안을 응시했다.

"처음부터 끝까지, 아는 것은 하나도 빠뜨리지 않고 하나하나 입으로 주워섬겨 보시죠. 그러면 생각이라도 해보겠습니다. 지금 아쉬운 게 어느 쪽인지 다시 한번 잘 고려하시고. 정령석을 가지고 그대로 황궁으로 돌아가도 우리는 딱히 아쉬울 것 없거든요."

"……."

"그러면 진짜 골치 아파지는 건 어느 쪽이죠?"

치밀어 오르는 모멸감과 분노를 어떻게든 가라앉히려던 실비안이 천천히 눈을 감았다.

수하가 그녀를 걱정스럽게 불렀다.

"……대장님."

"가만히 있어라."

한참 뒤, 마음을 가다듬는 데 성공한 실비안이 낮은 음성으로 수하를 물러서게 했다.

그녀의 초록을 머금은 눈동자가 아렌트를 똑바로 응시했다.

"아렌트 폰 에크하르트 경, 경의 이름은 꼭 기억해 두지."

"그거참, 영광이네요."

빈정거릴 의도를 숨기지도 않고, 아렌트가 피식 입꼬리를 올렸다.

그를 싸늘하게 노려보던 실비안이 천천히 한숨을 내쉬었다.

"이 자리에서의 제 발언은 엘프 전체의 뜻이 아닌, 오로지 제 개인의 판단임을 알아주시면 감사합니다. 라이오스 단장."

"명심하겠습니다."

"……견습 기사의 말이 틀리지 않습니다. 장로들을 비롯해 그대들이 왕이라 부르는 대장로님들은 사태를 정확하게 파악하신 것 같았습니다."

"실비안 님!"

"끼어들지 마라."

수하가 놀란 목소리를 냈지만, 실비안은 이번에도 차게 경고한 뒤 말을 이었다.

"배신자는 숲 종족 장로의 딸입니다. 이름은 지클린이고 현재 악신교에 투신한 정황을 발견했습니다. 그 후 최근 칼리온 제국에서 악신교가 활개 친다는 소식을 듣고 그녀를 찾으려 제국까지 발을 들였습니다. 엘프 왕국을 폐쇄한 까닭은 악신교가 더 이상 유입되는 것을 막기 위함이었습니다. 이만하면 답이 되었습니까?"

"아까보다는요."

아렌트가 건성으로 고개를 끄덕였다.

"안타깝게 됐네요. 악신교와의 싸움에 개입하고 싶지

않아서 지금껏 숨죽이고 있었는데, 말썽쟁이 애새끼 하나가 엉뚱하게 끼어드는 바람에 지금까지의 계획이 수포로 돌아가서요."

"……."

실비안은 굳이 부정하지 않았다.

그저 묵묵히 입을 다무는 모습에서, 일행은 그 말이 사실임을 알 수 있었다.

한참 뒤 그녀가 짧게 대꾸했다.

"……종족을 위한 결정이었습니다."

"알고 있습니다. 딱히 그 점을 책망할 생각도 없어요. 남의 나라가 불바다가 되는 걸 막자고 같이 뛰어드는 건 바보 같은 짓이죠."

아렌트는 아무렇지도 않게 어깨를 으쓱했다.

"하지만 납득할 수 있는 건 거기까지예요. 제 눈에는 실비안 님이 정령석이랑 배신자만 홀랑 챙겨서 돌아간 다음, 다시 엘프 국의 문을 걸어 잠글 생각이셨던 걸로 보이는데……."

이번에도 실비안은 아무런 말도 하지 않았다.

그녀를 가만히 지켜보던 르웰린의 얼굴이 착잡하게 가라앉았다.

담담한, 그리고 한편으로는 잔인할 정도로 또렷한 미성이 파고들었다.

"그건 그냥 책임 회피입니다. 당신들이 관리 못 한 애새끼 하나 때문에 죽은 숱한 목숨은 어떻게 보상할 건데요?"

"……."

실비안은 그 사실을 부정하거나 변명할 생각도 없다는 것처럼 그저 침묵할 뿐이었다.

심상찮은 공기에 아렌트를 힐끗 곁눈질한 아서는 멈칫하고 말았다.

아렌트의 옆얼굴이 지독히도 싸늘한 탓이었다.

원래도 입을 다물면 차가운 인상인 그였지만, 지금은 그와 비교도 할 수 없을 정도로 서늘했다.

그 모습에서 아서는 자연스럽게 알아차릴 수 있었다.

아렌트는 지금 단단히 화가 난 상태라고.

리히트와 라이오스 역시 은연중에 그것을 눈치챈 것 같았다.

"……그 점에서는 변명의 여지가 없다."

한참 뒤 실비안이 괴롭게 내뱉었다.

"지금 와서 이런 말을 하는 것도 우습지만, 어떻게든 책임지도록 하겠다. 장로님들이 반대하신다면 나 혼자서라도……."

"당신 혼자서 뭐 어쩌겠다고요. 악신교 본부에 쳐들어가서 그 여자를 죽이고 정령석을 되찾기라도 하려고요?"

"……필요하다면 그래야겠지."

"별 말 같지도 않은 소리를. 그 알량한 목숨으로 개죽음당해 봤자 별 도움도 안 됩니다. 치울 시체나 하나 더 늘어나지."

짜증스럽게 내뱉은 아렌트는 흘러내린 머리를 신경질적으로 쓸어 올렸다.

'진정해.'

그가 술렁이는 머릿속을 가라앉혔다.

지금 필요 이상으로 감정을 내비쳐 봤자 도움 될 일은 아무것도 없었다.

어차피 그녀 역시 명령을 받고 움직일 뿐.

윗선에서 내린 결정을 거스를 입장은 아닐 것이다.

지금 이 자리에서 여기까지 털어놓은 것도 그녀에게는 상당한 모험일 터.

실비안을 붙잡고 늘어진다고 해결될 일이 아니었다.

그 윗대가리를 갈군다면 모를까.

거기까지 생각이 미치자 순간 마음이 차분해졌다.

아렌트는 소리 없이 심호흡을 한 번 하는 것으로 흐트러진 감정을 다잡았다.

갑자기 아렌트의 기색이 변하자 아서가 흠칫했다.

"뭐, 뭐야?"

"아니, 생각해 보니 여기에서 실비안 대장님한테 화풀

이해 봤자 해결될 게 없는 것 같아서요. 진짜 책임져야 할 사람은 따로 있는데. 그렇지 않아요?"

한층 가벼워진 목소리가 흘러나왔다.

그간의 경험으로, 일행은 그 말뜻을 너무나도 절절하게 이해하고야 말았다.

죽음의 화살이 방금 실비안을 비껴갔다.

대신 봉변 당할 사람은 아마…… 국경을 봉쇄하고 그녀에게 진과 정령석을 되찾아 오란 명령을 내린 장본인이겠지.

르웰린이 뻣뻣하게 굳은 입꼬리를 비틀었다.

"망했네, 이거."

"새삼스럽게 놀라지 마십시오, 왕자님. 아렌트를 내보냈다는 점에서 이미 황제 폐하나 황태자 전하께서도 평화적인 해결을 포기하셨다는 뜻이니까요."

리히트가 침착하게 그를 달랬다.

그러는 사이 머릿속으로 계산을 마친 아렌트가 라이오스를 힐끗 쳐다보았다.

그와 눈을 마주친 라이오스가 고개를 끄덕였다.

마음대로 하라는 허락이었다.

명분을 얻은 아렌트가 다시 입을 열었다.

"내일 오전 7시에 왕국 수도 북쪽 항구에서 출발하는 배에 탑승할 예정입니다. 그대로 엘프 2왕국으로 직행할 거고요."

"뭐?"

"당신들 사정은 알 바 아닙니다. 막든지 말든지 알아서 하시고. 하지만 무력 충돌이 벌어졌을 경우, 그 뒤는 책임 안 집니다."

황당하게 되묻는 실비안에게 아렌트가 냉정하게 덧붙였다.

"그냥 칼리온 제국으로 돌아가서 배신자를 추적하는 것도 괜찮은 선택지죠. 정령석은 저희가 장로님께 직접 돌려드릴 테니 걱정하지 마시고. 하지만 저는 다른 걸 제안하고 싶은데요."

아렌트는 주머니에서 은은하게 빛을 내는 큐브를 꺼냈다.

처음 보는 물건에 실비안이 어리둥절해하는 것도 잠시.

그가 큐브, 기록 저장석을 작동했다.

– 배신자는 숲 종족 장로의 딸입니다. 이름은 지클린이고 현재 악신교에 투신한 정황을 발견했습니다······.

곧이어 실비안의 목소리가 흘러나오자 엘프들의 낯빛이 새하얗게 질렸다.

"본인이 한 말은 제가 장로님께 잘 전달해 드리겠습니다."

"……."

"저는 어느 쪽이든 상관없긴 합니다만, 그래도 장로님께 제가 어떤 말을 지껄여 댈지는 장담 못 하겠네요. 기밀을 유출했다고 추격자를 맞이하는 것보다 직접 가서 변명이라도 한 마디 하는 게 낫지 않겠어요?"

비릿한 미소를 머금은 잘생긴 얼굴이, 같은 편이 보기에도 미치도록 얄미웠다.

그러니 그 조롱을 정면으로 받아 내는 실비안의 심정이 어떨지는 굳이 짐작하지 않아도 충분히 알 수 있었다.

아렌트는 애초에 이럴 생각으로 실비안을 몰아붙여 자백을 받아 낸 것이다.

노골적인 협박에 미처 화도 나지 않는지, 실비안은 얼빠진 얼굴로 입술만 달싹였다.

평소 같았으면 엘프 전사를 우롱한다며 발끈하고도 남았을 그녀의 수하들도 마찬가지였다.

아렌트의 대화에 응했을 때부터 승패는 정해진 거나 마찬가지였다.

자연에 둘러싸여 평화롭게만 지내던 엘프들은 제국에서 제일가는 사기꾼 아렌트의 상대가 될 수 없었다.

얼어붙은 엘프들을 마주 보며 라이오스가 심심한 사과

를 건넸다.

"죄송하게 생각합니다."

"내가 할 말은 아니지만, 그러면서 안 말리는 단장도 제법 나쁜 사람이라고 생각해."

르웰린이 슬쩍 첨언했지만 라이오스는 그저 못 들은 척할 뿐이었다.

다음 날 아침. 엘프들은 출발 시간에 맞춰 항구에 나타났다.

얼어붙은 얼굴로 나란히 선 네 명의 엘프를 본 아렌트는 아무런 말도 하지 않고 그들을 휙 지나쳐 먼저 배에 올랐다.

대놓고 빈정거릴 거라 여겼던 실비안은 오히려 그 반응에 당황하고 말았다.

멍하니 선 그녀 앞에 라이오스와 르웰린이 다가왔다.

라이오스가 먼저 가볍게 묵례했다.

"유쾌하지 못한 초청이었을 텐데 응해 주셔서 감사합니다."

"……이대로 돌아가면 저는 문책을 피하지 못할 겁니다. 대장직에서 파면당할 수도 있겠죠."

잠깐 침묵하던 실비안이 입을 열었다.

"제가 동행하겠다 결정한 이유는 단 하나입니다. 저 어린 견습 기사에게 반박할 말을 찾지 못했고, 당신을 무력으로 이길 방법 역시 없기 때문입니다."

천천히 이어지는 그녀의 말을 라이오스는 담담히 듣고만 있었다.

"우리는 무기 한 번 들어 보지 못하고 패배했습니다. 하지만 무기를 들었어도 결과가 달라지지는 않겠지요. 지금 무슨 말을 해도 추해지는 것은 마찬가지겠지만…… 그 점은 결코 잊지 않겠습니다."

실비안이 고저 없는 목소리로 이야기를 마치고는 고개를 꾸벅 숙였다.

실비안을 바라보는 라이오스의 시선에 설핏 동정이 서렸다.

엘프들이 정령석을 빼앗으려 달려들었다면 결국 처참하게 패배했을 것이다.

전사들은 전멸하거나 포로로 붙잡혔을 게 분명했다.

그리고 진의 문제까지 더해져 인간과 엘프들의 관계는 최악으로 치달았겠지.

하지만 지금. 아무도 죽지 않았고, 다친 사람도 없으며 자칫 적이 될 수 있었던 이들은 쉽게 패배를 인정했다.

지금 결과를 놓고 보자면 아렌트가 선택한 수법은 가장 최적의 수단이었던 것과 동시에, 가장 폭력적인 방식으로 베풀어진 은혜였다.

그녀의 수하들 역시 실비안과 같은 생각인지 묵묵히 입

을 다물고 있었다.

 기사단장은 그들의 마음을 충분히 짐작할 수 있었다.

 전사로서 차라리 싸우다 죽는 것이 더 명예로웠다.

 그러니 자신들의 우스꽝스럽고 비참한 패배를 인정하기까지는 바늘을 삼키는 것보다 더 큰 고통을 감내했을 게 분명했다.

 라이오스가 무뚝뚝하게 대답했다.

 "실비안 대장께 피해가 가지 않도록, 제가 최선을 다해 장로님들을 설득해 보겠습니다."

 "설득할 필요도 없이…… 이미 아렌트는 어떻게든 해볼 생각인 것 같은데?"

 실비안과 라이오스의 대화에 르웰린이 슬쩍 끼어들었다.

 진지하던 라이오스의 얼굴이 순식간에 심란함으로 물들었다.

 그 꼴을 눈앞에서 관찰한 실비안 역시 다소 복잡한 낯빛이 되었다.

 "승선하십시오! 곧 출항합니다!"

 그때, 선장이 출발을 알렸다.

 라이오스는 뒤로 한 걸음 물러서 실비안 일행이 먼저 배에 탑승하도록 했다.

 그들은 순순히 걸음을 옮겨 승선했다.

 어깨에서 힘이 빠진 그들의 뒷모습은 패잔병, 혹은 포

로나 다름없었다.

배에 오르는 실비안을 물끄러미 응시하던 르웰린이 입을 열었다.

"고맙다고 해야 하나?"

주어 없는 물음이었지만 라이오스에게는 그걸로 충분했다.

마찬가지로 실비안 일행에게서 눈을 떼지 않으며, 기사단장이 대꾸했다.

"아닙니다. 늘 제멋대로 움직이는 녀석이니 이번에도 제 마음 가는 대로 했을 뿐일 겁니다."

"하여튼 알 수 없는 놈이라니까. 무자비한 건지, 자비로운 건지 알 수가 없어."

"나쁜 말버릇은 언젠가 다시 교육시키겠습니다."

"아직도 포기를 안 했단 말이야……?"

두런두런 쓸데없는 대화를 나누며 두 사람이 마지막으로 배에 올랐다.

곧 일행을 태운 여객선이 길게 고동 소리를 뿜으며 출항했다.

* * *

엘프들과의 교류가 완전히 끊어진 탓인지, 항구를 벗어

나자 너른 바다 위에 다른 배는 코빼기도 비치지 않았다.

 듣자 하니 엘프 왕국까지 가는 배를 수배하는 것도 제법 힘들었다는 것 같았다.

 엘프들이 국경을 봉쇄한 마당에, 함부로 그들의 해역을 기웃거리다 무슨 봉변을 당할지 모른다는 게 그 이유였다.

 이사벨라 왕세자가 직접 나서서 배를 구해 주지 않았더라면 항구에 한참 발이 묶일 뻔했다.

 아렌트는 난간에 몸을 기대고 차가운 바닷바람을 맞았다.

 오랜만에 뻥 뚫린 수평선을 보고 있자니 복잡하던 머리가 좀 정리되는 것 같았다.

 '정령석 여덟 개를 빼돌렸다고…….'

 진은 아버지를 제 손으로 찌르고 도망치는 과정에서 수많은 엘프 전사를 죽였다.

 정령석을 훔치는 것까지는 몰라도, 진 혼자만의 힘으로 감시망을 피해 엘프 왕국을 완전히 벗어나는 건 불가능한 일이었다.

 '분명 조력자가 있겠지.'

 아렌트는 눈을 내리깔았다.

 엘프 왕국 내에 있을 때부터, 진은 체르니온 교와 내통했을 것이다.

'그래서 의문인데…….'

또라이 같은 취향을 지녔을지언정, 진은 엘프 왕국 안에서 곱게 자라던 소녀였다.

그녀에게 악신교의 존재를 가르쳐 준 것은 과연 누구인가.

그리고 놈들은 어떻게 진의 재능을 알아보고, 엘프 왕국에 있던 그녀와 접촉했는가.

'진은 동족을 배신하기 전까지 엘프의 영역을 벗어난 적 없겠지.'

그 모든 점을 고려했을 때, 한 가지 가능성이 고개를 들었다.

엘프 왕국 내부에 체르니온 교의 첩자가 존재하는 것이다.

실비안이 그 사실을 아는 것 같지는 않았다.

하지만 장로들은 어쩌면 대충 짐작하고 있었을지도 몰랐다.

'어쩌면 국경을 봉쇄한 건 악신교의 유입만을 막을 목적이 아니라…….'

거기까지 생각이 미쳤을 때, 불쑥 옆에서 아서의 목소리가 귓가에 파고들었다.

"바다 본 적 있냐, 너?"

언제 다가온 건지 아서가 난간에 기대서 멀뚱멀뚱 그를

바라보고 있었다.

뜬금없는 물음에 아렌트가 살며시 미간을 구겼다.

"지금 실컷 보고 있잖아요."

"아니, 바다 처음 보는 거 아니냐고. 에크하르트 백작령도 내륙에 있고, 황실 기사단에 들어온 뒤로는 한 번도 멀리 나간 적 없잖냐."

아서가 덧붙인 말에 아렌트가 눈을 끔뻑거렸다.

'그러고 보니 그렇게 되나.'

하긴, 여기는 이동 수단이래 봐야 말이나 마차가 전부인 세상이었다.

그러니 휴가 가듯 가벼운 마음으로 바다까지 들락거리는 건 불가능했다.

에크하르트 백작이 아들에게 바다를 보여 주겠다며 먼 여정을 감행할 위인도 아니었고.

거기까지 생각이 미친 아렌트가 얼렁뚱땅 대답했다.

"모르겠는데요. 기억 안 나는 거 보니 그렇겠죠."

"그런 것치고는 너무 감흥이 없는 거 아냐?"

"딱히. 바다 처음 본다고 방방 뛸 나이도 아니고."

난간에 몸을 기대며 아렌트가 심드렁히 대꾸하자 아서가 투덜거렸다.

"재미없는 놈. 한참이나 서 있길래 답지 않게 감상에라도 빠졌나 했더니."

"그거참, 아쉽게 됐네요."

아렌트는 시큰둥하게 대답했다.

엘프 왕국에 도착하기 전에 진위를 확인하는 건 불가능하니, 더 길게 고민하는 것도 의미 없는 짓이었다.

그보다는 좀 더 생산적인 일을 하는 게 나을 것 같았다.

아렌트의 눈동자가 데굴, 굴렀다.

'르웰린은 실비안의 기분을 풀어 주려고 열심인 것 같고.'

리히트는 선실에서 라이오스와 엘프 영토에 다다른 후의 계획을 토론하는 모양이었다.

하릴없이 갑판을 서성거리는 사람은 아서와 아렌트, 그리고…… 실비안의 수하 세 명이었다.

거기까지 생각이 미친 아렌트가 먼저 운을 뗐다.

"선배."

"왜, 이 자식아."

여러 말을 건네는 대신, 아렌트는 무심한 시선을 그에게 던졌다.

후배와 눈이 마주친 아서는 살짝 인상을 찌푸렸다가 이내 뭔가를 깨달은 얼굴을 했다.

"……가만히 있어라, 제발. 부탁이니까."

"선배도 심심하잖아요."

"안 심심해."

"사실 선배 의사는 별로 상관없어요."

"진짜 뒈지고 싶냐?"

아서가 으르렁거렸지만 그 말을 들을 아렌트가 아니었다.

새파란 바다를 뒤로한 채 오전의 햇살을 받으며 씨익 웃는 아렌트의 얼굴은 제법 볼 만한 구경거리였다.

"하지마. 그게 뭐가 됐든 하지 마."

하지만 유감스럽게도 아서에게는 그저 사고의 전조로만 보일 뿐이었다.

그리고 딱 20분 뒤.

실비안과 르웰린, 라이오스, 리히트는 우당탕하는 소리에 벌떡 몸을 일으켰다.

"뭐야, 무슨 일이지?"

"이 새끼는 또 무슨 짓을 하는 거야?"

실비안이 당황해 주변을 둘러보는 사이, 르웰린을 선두로 리히트, 라이오스까지 전부 선실에서 뛰쳐나갔다.

"……!"

그리고 그들은 갑판에서 제법 충격적인 광경을 마주하고 말았다.

아렌트는 어디에서 찾았는지 모를 각목을 검처럼 어깨에 툭 걸치고 불량하게 서 있었다.

그 앞에는 엘프 전사, 사할린이 바닥에 벌러덩 넘어진

채 그를 노려보고 있었다.

그리고 아서와 다른 엘프들이 아연실색한 채 그 꼴을 지켜보고 있는 상황이었다.

아무도 설명해 주지 않았지만, 그들은 무슨 일이 벌어졌는지 대충 짐작할 수 있었다.

라이오스가 이마를 턱 짚는 찰나, 뒤늦게 밖으로 나온 실비안이 입을 쩍 벌렸다.

"아니, 이게 무슨……."

하지만 미처 그녀의 말이 끝나기도 전, 사할린이 벌떡 몸을 일으켜 욕설을 퍼부었다.

"이 빌어먹을 꼬맹이, 감히 비겁한 수를 써?"

아렌트는 고개를 삐딱하게 꺾으며 응수했다.

"그쪽이 너무 단순한 거죠. 싸울 때 처음부터 끝까지 정정당당해야 한다는 법이라도 있습니까? 이기면 그만이라는 거 몰라요?"

"그대는 신성제국의 기사 아니었나? 기사 된 인간이 이런 치사한 짓거리를 해?"

"기사가 별거 있어요? 싸움 잘하니까 제국을 위해서 칼 좀 써 주고 돈이나 받는 거지."

"뭐 이런 놈이 다 있어?"

상상을 초월하는 뻔뻔한 발언에 사할린이 입을 쩍 벌렸다.

사할린의 얼굴이 벌게진 것이, 어지간히도 분한 모양이었다.

리히트가 떨떠름히 물었다.

"무슨 일이 있었던 거지?"

"저기 보십쇼."

그에 아서가 고갯짓으로 사할린의 발치를 가리켰다.

흰 서리가 살짝 앉아 있었다.

"아."

"처음에는 꽤 호각이었습니다. 잠깐 아렌트가 밀리나 싶더니 사할린 씨가 저걸 밟고 중심을 잃었는데⋯⋯ 아렌트가 그대로 다리를 걸더라고요."

"⋯⋯."

정말 가공할 만한 치사함이었다.

사할린이 비겁하다며 버럭버럭 소리를 지를 만도 했다.

남 일 같지 않은 상황에 리히트가 얼굴을 쓸어내렸다.

"⋯⋯아서, 혹시라도 말릴 생각은 해 봤나?"

"말린다고요?"

"⋯⋯."

"제가요? 저놈을요?"

"⋯⋯."

아무래도 아서 역시 단단히 고장 난 것 같았.

리히트는 망연히 하늘만을 올려다보았다.

하지만 자신도 같은 상황이었다면 별반 다르지 않았을 것 같아 괜히 마음만 더 착잡해졌다.

결국 소동은 라이오스가 직접 개입하고 나서야 잠잠해졌다.

라이오스가 친히 두 사람 사이에 끼어들어 아렌트의 뒤통수에 꿀밤을 놓은 뒤 뒷덜미를 잡아 질질 끌고 나온 것이다.

한 손으로 아렌트를 제압한 라이오스가 엘프 전사들에게 고개를 꾸벅 숙였다.

"죄송합니다. 제가 교육을 잘못시켰습니다."

"내가 뭘 했다고요."

"조용히 해라."

사고 친 도둑고양이 같은 꼴로 아렌트가 투덜거렸지만 라이오스가 살벌하게 일축했다.

분에 차 씩씩대던 사할린 역시 실비안이 나왔다는 것을 알아차리고는 후다닥 몸을 일으켰다.

실컷 농락당한 그를 질책할 마음도 들지 않았기에 실비안은 그저 어깨를 툭툭 두드려 주었다.

"……고생했다."

사할린이 아렌트를 노려보며 한마디 내뱉었다.

"저놈이 치사한 짓만 안 했어도 지지 않았을 겁니다."

"그럼 나중에 육지에서 한 판 더 해 보든가요. 여기선배 부술까 봐 제대로 싸우지도 못하겠네."

"바라던 바다, 이 개자식아!"

여전히 라이오스에게 붙들린 채 아렌트가 도발하자 사할린이 버럭 고함쳤다.

르웰린이 깔깔 웃음을 터뜨렸다.

"그럼 심판은 내가 봐도 되나?"

"왕자님도 제발 부추기지 마십시오."

"재밌는데 뭐 어때."

라이오스가 괴로운 얼굴로 부탁했지만 르웰린 역시 귓등으로도 듣지 않았다.

조용하던 갑판이 순식간에 떠들썩해졌다.

출항하고 나서부터 몇 시간 내내 감돌던 긴장감은 어느새 온데간데없이 사라진 뒤였다.

5장. 제국에는 그런 단어가 있습니다

제국에는 그런 단어가 있습니다

"저거 그냥 내버려둬도 괜찮은 겁니까?"

한참을 지켜보던 아서가 결국 참지 못하고 한 마디 뱉었다.

안쓰러움을 담은 그의 시선은 넓은 선실 한쪽에서 아렌트에게 실컷 농락당해 발광하는 엘프들에게 닿아 있었다.

마침 같은 장면을 지켜보던 리히트가 조용히 대꾸했다.

"그럼 가서 말려 보든가."

"실언했습니다."

"괜히 끼어들었다가 무슨 불똥을 맞으려고."

빠르게 반성한 아서의 곁에서 르웰린이 어색한 웃음을 흘렸다.

마침 사할린이 분을 이기지 못하고 버럭 고함을 질렀다.
"이런 예의도 명예도 모르는 애새끼 같으니!"
"그 애새끼 속임수도 간파 못 한 게 어느 쪽이었더라? 자기 반도 못 산 인간 애새끼한테 패배하는 경험도 해 보고, 긴 엘프 생이 꽤 뿌듯하시겠어요."
하지만 아렌트에게는 씨알도 먹히지 않을 소리였다.
그가 귀를 후비는 시늉을 하며 빈정대자 사할린의 얼굴이 분노로 달아올랐다.
같은 편이 봐도 얄미워 미칠 지경인데 사할린의 속이 어떨지는 충분히 짐작할 수 있었다.
"이 건방진 놈이 진짜!"
"부대장님, 진정하세요! 상대는 어린앱니다!"
"여기서 싸우시면 배 가라앉습니다!"
아렌트를 한 대라도 때려 보겠다며 날뛰는 사할린을 양쪽에서 엘프 부하들이 붙잡고 말렸다.
슬슬 사태가 심각해지는 것 같았다.
리히트는 라이오스가 있는 쪽을 힐끗 보았다.
"……."
하지만 라이오스는 저 상황을 모르는 척하기로 이미 마음먹은 모양이었다.
그의 맞은편에는 배에 오르기 전에 비해서 심하게 수척해진 실비안이 앉아 있었다.

그녀도 부하들이 보이는 추태에 마음고생이 심한 것 같았다.

르웰린이 어이없이 중얼거렸다.

"그나저나 라이오스 단장은 왜 저렇게 평온한 건데?"

"이런 상황이 익숙하신 거죠……. 차라리 저러는 편이 낫다고 생각하시는 걸지도 모릅니다. 저놈 심사가 계속 뒤틀려 있는 것보다야."

"그렇군."

아서의 설명에 납득한 르웰린이 고개를 끄덕였다.

실비안과 처음 대면한 그날, 아렌트는 이상할 정도로 심기가 불편해 보였다.

평소 그가 날것의 감정을 드러내는 법이 없는 점을 생각해 보면 확실히 이상한 일이었다.

잠깐 고민에 빠졌던 르웰린의 얼굴이 찜찜하게 변했다.

"……근데 저놈은 실비안 님한테 왜 그렇게 화를 낸 거지? 제국 입장에서는 불쾌한 상황인 건 맞지만, 평상시랑 반응이 좀 달랐잖아."

"그리고 더 큰 문제는, 그게 놈이 의도해서 내비친 건지 아닌 건지도 구분이 힘들다는 겁니다."

리히트 역시 살며시 미간을 구기고 첨언했다.

정황상 후자 같지만, 그마저도 확신할 수 없었다.

그때그때 상황에 따라서 필요하다면 감정까지도 쉽게 꾸며 내는 게 아렌트였으니까.

세 사람은 머리를 맞대고 한참을 더 고민했지만, 그렇다고 뾰족한 답이 나오는 건 아니었다.

짧은 침묵 후, 아서가 결론을 내렸다.

"어쩔 수 없네요. 사할린 님이 당분간 더 고통받는 수밖에."

리히트와 르웰린이 묵묵히 고개를 끄덕였다.

발칙한 견습 기사의 의도는 그날 늦은 저녁, 엘프 왕국에 다다르기 몇 시간 전에야 밝혀졌다.

혹여나 또 다툼이 생길까 봐 실비안이 자신의 수하들을 선실로 불러들인 터라, 기사들과 르웰린만이 갑판에 남아 있을 때였다.

라이오스가 조용히 입을 열었다.

"아렌트, 원하는 만큼 알아냈나?"

"어느 정도는요. 도움이 될지는 모르겠지만."

불량한 자세로 난간에 등을 기댄 아렌트가 툭 내뱉었다.

영문 모를 대화에 르웰린이 눈을 동그랗게 떴다.

"알아내다니, 뭘?"

"뭐야. 너 설마……."

먼저 판단을 끝낸 아서가 입을 쩍 벌리자 아렌트가 어

깨를 으쓱했다.

"간단한 탐색이죠."

사람 약 올리기만큼 뛰어난 아렌트의 또 다른 특기가 바로 사람 관찰이었다.

라이오스가 이리저리 날뛰던 아렌트를 그냥 내버려 둔 이유도 그 때문이었다.

뒤늦게 탄식을 흘리는 이들을 무심하게 바라본 아렌트가 아무렇지도 않게 입을 열었다.

"분명 강한 엘프들이긴 합니다만, 예민한 오감과 단련된 신체에 비해 돌아오는 반응이 한 박자 느려요. 강한 신체를 판단력이 따라오지 못하는 느낌이에요."

"그렇군."

라이오스가 담담하게 고개를 끄덕였다.

엘프 전사와 아렌트가 정면으로 맞부딪혔을 때, 아렌트가 이길 확률은 지극히 적었다.

그럼에도 사할린이 그토록 쩔쩔맸던 건, 아렌트의 전투 방식은 숱한 실전으로 다져졌기 때문이었다.

"움직임이 교본대로랄까…… 사실 엘프 사회 안에서 실전을 겪을 일은 거의 없었을 테니까요. 마력까지 쓰면서 진검승부로 이어졌다면 제가 힘들어졌을 테지만요."

원래 엘프는 마력 친화적인 종족인 데다, 그들이 살아온 세월 역시 무시할 수 없었다.

"안개숲 친위대의 부대장인 사할린 씨가 저런 걸 보아하니 아마 다른 엘프들도 마찬가지일 겁니다."

"……그걸 굳이 캐낸 이유는 뭐야?"

"만일의 사태에 대비해야지."

르웰린이 꺼림칙하게 묻자 아렌트가 담백하게 대답했다.

"저쪽의 주 무기가 활과 화살이라는 걸 생각해 보면 또 좀 달라질 수도 있겠지만, 어차피 판에 박힌 전술대로 움직일 테니까 틈을 잘 파고들면 크게 문제는 없을 것 같아요."

"싸워서 이길 수 있다고?"

미심쩍게 묻는 리히트에게 아렌트가 노골적으로 한심하다는 시선을 던졌다.

"미쳤어요? 무사히 튈 수 있겠다는 거죠."

"……."

"아까 선장한테 말해 뒀습니다. 혹시 모르니 바로 돌아가지 말고 인근 해역에서 대기해 달라고요. 통신용 수정구도 건네줬으니 연락도 문제없어요."

"징글맞은 놈…… 실컷 설친다 했더니 벌써 거기까지 계산했다고?"

아서가 질린 목소리를 내자 아렌트가 아무렇지도 않게 대꾸했다.

"당연하죠. 적진 한가운데에 들어가는 거나 마찬가진데. 뭐 적이 될지 말지는 확실하지 않지만."

"솔직하게 말해. 재밌었지?"

"사할린 씨 반응이 보람차긴 하더라고요."

천연덕스럽게 돌아온 대답에 아서는 후배를 곱지 않은 눈으로 흘겨보았다.

그때, 가만히 이야기를 듣고 있던 라이오스가 질문을 던졌다.

"평소보다 더 경계하는 것 같은데. 이유가 있나?"

"방금 말했잖아요. 적인지 아닌지 확실하지 않다고요."

그러나 아렌트의 목소리는 평소와 크게 다르지 않았다.

철썩.

짧은 침묵이 흐르며 파도가 배에 부딪치는 소리가 들렸다.

몇 시간 뒤, 해 뜰 무렵이면 엘프 왕국의 해안에 다다르게 될 터였다.

기사들에게 그곳은 미지의 공간이었다.

상황이 이렇게 된 이상 르웰린에게도 마냥 안전하지만은 않을 터였다.

아렌트의 황금색 눈동자가 르웰린에게 향했다.

"굳이 안 따라와도 되는데. 뱃놀이나 하면서 남아 있지?"

"……웃기고 있네. 중재할 사람이 한 명이라도 있어야지. 내가 그냥 발 뻗고 구경만 할 것 같아?"

설핏 얼굴을 굳혔던 르웰린이 이내 어색한 미소를 지었다.

아렌트는 더 묻지 않고 고개를 끄덕였다.

"얼마나 성대하게 환영해 줄지 기대되네요."

"일단 다들 긴장은 늦추지 말고. 비상시에는 왕자님의 안전을 가장 최우선으로 한다."

"예, 알겠습니다."

라이오스의 명령에 리히트와 아서가 진지한 얼굴로 고개를 끄덕였다.

* * *

그리고 몇 시간 뒤.

동이 터 올 무렵, 배는 엘프국의 해역에 다다랐다.

육지에 점점 가까워질수록 항구를 가득 채운 엘프 전사들의 모습이 선명하게 보였다.

그 살벌한 모습에 아서가 떨떠름하게 중얼거렸다.

"엄청나게 환영해 주는데."

"굉장하네요. 못해도 40명은 되어 보이는데. 저 사람들이 화살 한 발씩만 발사해도 우리 다 벌집 되겠어요."

"너는 그런 살벌한 소리를 왜 그렇게 태연하게 해……?"

아렌트에게서 농담인지 진담인지 모를 느긋한 대꾸가 돌아왔다.

얄미운 후배를 한번 흘겨본 아서가 선원에게 말했다.

"여기에서 배를 세우고 보트를 내리라고 선장에게 전해. 더 접근하면 이 배까지 위험해질지도 몰라."

조금만 더 가면 활의 사정거리 안이었다.

선원이 급하게 고개를 끄덕였다.

"예, 예!"

그가 우당탕 달려 나간 뒤 얼마 지나지 않아 배가 멈추고 보트 두 대가 띄워졌다.

그들은 별다른 대화 없이 각자 보트에 옮겨 탔다.

일행이 탄 보트는 미끄러지듯 수면을 가르고 항구에 다다랐다.

보트가 선착장에 닿기 무섭게, 창과 활로 무장한 엘프 전사들이 마치 포위하듯 그들을 에워쌌다.

라이오스가 가장 먼저 발을 내딛자 엘프들 사이에서 대장으로 보이는 남자가 앞으로 나섰다.

"……환영합니다. 라이오스 드 윈프리드 단장."

"무례한 방문에도 환대해 주셔서 감사합니다."

살기가 사방에서 쏟아지는 와중에도 라이오스는 담담하게 묵례했다.

그의 뒤에 선 르웰린이 애써 미소 지으며 인사를 건넸다.

"그간 잘 지내셨어요? 자카르 님."

"그간 격조했습니다, 르웰린 님. 이런 식으로 맞이하게 되어서 다소 유감입니다."

자카르라고 불린 남자가 르웰린을 향해 차갑게 대답했다.

귓가에 들린 익숙한 이름에 아렌트가 고개를 들어 남자의 얼굴을 확인했다.

실비안보다 더 옅은 금발과 서늘한 초록색 눈동자가 인상적이었다.

그러나 엘프 특유의 아름다운 얼굴에서 표정이라곤 전혀 찾아볼 수 없었다.

'그래, 저자였지.'

'성검의 푸른 기사'에 나온 안개숲 친위대의 대장.

칼리온 제국에 지원을 왔던 전사, 자카르였다.

자카르는 라이오스와 우정을 쌓았으며, 연재가 갑자기 끝날 때까지도 제국에 머물고 있었다.

과묵하고 무뚝뚝한, 하지만 그만큼 철두철미하고 정직해 라이오스가 제법 신뢰하던 자였다.

예상치 못한 일로 엘프 전사들이 전장에서 사망했을 때도 흔들림 없이 자리를 굳건히 지켰지만, 이후 혼자 달빛 아래에서 그들을 애도하는 모습을 본 라이오스가 먼저 마음을 열었다.

그리고 자카르 역시 얼마 지나지 않아 라이오스의 인품에 감화되고, 두 사람은 진정한 전우가 되었다…….

뭐 그런 내용이었다.

그 장면을 기억하는 아렌트에게는 지금 경계 어린 눈으로 서로를 탐색하는 두 사람이 제법 신선하게 보였다.

"장로님들께서 기다리고 계십니다. 함께 가시죠. 안내해 드리겠습니다."

자카르가 딱딱하게 말했다.

거부권은 처음부터 없었다는 양 고압적인 분위기가 뚝뚝 묻어났다.

사실상 안내보다는 압송에 더 가까운 상황이었지만, 일행 중 그 누구도 그 말을 입 밖에 내지는 않았다.

걸음을 옮기기 전, 자카르가 차가운 눈으로 실비안을 일별했다.

"……."

그와 눈을 마주친 실비안이 시선을 피했다.

쓸데없는 변명은 하지 않겠다는 태도였다.

아렌트는 그 모습을 놓치지 않았다.

지금 친위대의 대장은 분명 실비안이다.

그렇다면 그녀가 지위상으로는 자카르보다 위일 텐데.

하지만 두 사람의 관계는 수평적이거나, 오히려 자카르

쪽이 더 위인 것처럼 느껴졌다.

아렌트의 미간이 살며시 구겨졌다.

'뭐지?'

자카르가 라이오스의 이름을 정확히 알고 있었던 것을 보면, 이미 실비안에게서 대략적인 상황을 전해 들은 건 분명했다.

임무를 실패해서 경멸하는 거라면 이해는 하겠지만, 아예 없는 사람 취급하는 태도를 보아하니 단지 그것만은 아닌 것 같았다.

실비안은 의연하게 엘프 전사들 사이에 섞여 들었지만, 사할린과 다른 수하들은 표정 관리를 채 못 하고 있었다.

마치 실비안이 자카르에게 무시당한 것이 아주 큰 모욕이라도 되는 것처럼.

아무래도 뭔가 더 속사정이 있을 것 같다는 직감이 들었다.

'경직되지 말자.'

아서는 속으로 몇 번이고 되뇌었다.

엘프들은 인간보다 오감이 훨씬 발달한 종족이었다.

그러니 혹여 실수라도 살기를 흘리면 이 많은 전사들이 민감하게 반응할 터였다.

누구 하나라도 무기를 뽑아 드는 순간, 이 살얼음판 같은 평화도 끝장이었다.

척 봐도 피차 호의적인 분위기는 아니었다.

아서는 끙, 속으로 앓는 소리를 흘렸다.

아렌트가 왜 도망칠 궁리를 했는지도 이제는 이해할 수 있었다.

'……흘러나오는 기세만 봐도 알겠군.'

엘프 전사 하나하나가 다 무시할 수 없을 정도로 강했다.

솔직히 저들과 정면으로 대결했을 때, 이길 거란 확신이 들지 않았다.

아렌트는 머리를 잘 굴리면 따돌릴 수 있다고는 했지만…….

오히려 지금은 그럭저럭 튈 수 있다던 말이 의심될 지경이었다.

'이렇게 경계가 삼엄한데 도망칠 수 있다고?'

헛웃음이 흘러나왔다.

그러고 보면 도망칠 수 있다고만 했지, 사지 멀쩡하게 빠져나갈 수 있다는 말은 듣지 못했다.

'정신 똑바로 차리자.'

적진이라던 아렌트의 표현이 아주 정확했다.

아서는 조금 경직된 시선으로 바로 옆에서 걷는 후배를 힐끗 곁눈질했다.

그리고…….

"오, 대리석이네."

태연하게 주변을 구경하는 놈의 낯짝을 확인할 수 있었다.

"……."

아서는 와락 구겨지려는 미간을 어떻게든 펴려 애썼다.

그러거나 말거나 아렌트는 느긋하게 사위를 둘러보았다.

"특이한 건축 양식이네요. 제국에서는 못 보던 형식인데."

"지금 그게 눈에 들어와……?"

"지금 아니면 또 언제 구경하겠어요."

결국 보다 못한 아서가 속닥대며 타박했다.

그러나 역시 평소랑 다르지 않은 태연한 대꾸만 돌아올 뿐이었다.

"……."

아서는 포기하고 다시 시선을 앞으로 옮겼다.

확실히 별나고 특이한 풍경이긴 했다.

어느새 일행은 처음 보는 모양새의 흰 건물들이 규칙적으로 배열된 길에 접어들어 있었다.

네모반듯한 대리석 건물 사이로 특이한 생김새의 나무들이 자라 있었다.

마치 부채처럼 넓게 자란 잎이 해풍을 따라 흔들렸다.

그 아래의 대리석 건물이 햇빛을 받고 반짝이는 모습이 꽤 환상적인 풍경이긴 했다.

그들을 구경하러 나온 일반인 엘프들의 어깨며 머리 위에도 신기한 동물들이 자리 잡고 있었다.

처음 보는 새가 주인의 팔에 별다른 구속구도 없이 앉아 있었고, 신기한 털색의 원숭이가 어린애처럼 안겨 있기도 했다.

곳곳에서 야생 조류 울음소리가 들리는 탓에 꼭 숲을 걷는 기분이었다.

이국적인 풍경에 아서가 저도 모르게 시선을 빼앗겨 있자니, 옆에서 밉살맞은 목소리가 들려왔다.

"눈에 제법 잘 들어오죠?"

"시끄러워."

괜히 무안해진 아서가 짧게 퉁바리를 놓았다.

피식 웃은 아렌트가 다시 시선을 정면으로 주었다.

"고민이 있는데요, 선배."

"뭐, 이 자식아."

"여러 가지 선택지가 있는데, 그중 어느 쪽이 더 나을까 하고요."

뜬구름 잡는 소리에 아서의 미간이 구겨졌다.

"갑자기 무슨 말이야?"

"어느 쪽이든 결과는 같지만, 과정도 중요하니까."

하지만 늘 그랬듯 아렌트는 제 할 말만 지껄일 뿐이었다.

방금까지만 해도 주변을 구경하느라 정신이 팔려 있던 아렌트의 황금색 눈동자가 어느새 가벼운 고민에 잠겨 있었다.

아서는 잠시 입을 꾹 다물었다.

아렌트가 지나가듯 내뱉은 한마디가 유난히 귓가에 남았다.

'어차피 결과는 같을 거라고…….'

오직 아렌트여서 가능한 오만이었다.

'아니지.'

아서는 곧 생각을 고쳤다.

아렌트는 지금껏 수없이 제 능력을 증명해 왔다.

그러니 오만이 아니라 자신감이라 칭하는 게 옳을 터였다.

무심한 얼굴로 정면만 보는 후배를 슬쩍 흘긴 아서가 퉁명스레 말했다.

"……너, 머리 굴러가는 소리 들린다."

"실제로 굴리고 있으니까요."

아렌트가 담백한 대꾸를 내놓았다.

"또 무슨 꿍꿍이야?"

"고민 중이에요."

아렌트는 눈을 데굴 굴려 주변을 에워싼 엘프들을 보았다.

흉흉한 기세를 내뿜는 그들은 라이오스가 든 정령석 상자만을 노려보고 있었다.

잠깐 뜸을 들이던 견습 기사가 덧붙였다.

"일단 이 사람들 취향에 맞춰 볼까요."

이번에도 뜻 모를 말에 아서가 인상을 썼지만, 더 캐묻지는 않았다.

아렌트의 시선이 르웰린에게 향했다가 앞서가는 라이오스의 등에 닿았다.

경계심 많은 엘프들의 신임을 받아 낸 다정한 탐험가와, 누구나 다 좋아할 수밖에 없는 정의로운 주인공.

원작에서는 썩 좋은 관계가 아니었지만, 지금 두 사람은 서로를 제법 신뢰했다.

그러니 무대 위에서 합을 맞추는 것도 어려운 일은 아닐 것이다.

'일단은 저 두 사람에게 맡기고.'

책임감으로 똘똘 뭉친 두 사람은 딱히 등 떠밀지 않아도 알아서 나설 터였다.

* * *

일행은 곧 단아하지만 웅장하게 지어진 흰 건물 앞에 다다랐다.

아렌트가 탁 트인 광장과 아름다운 분수에 잠시 한눈팔린 사이, 자카르가 먼저 입을 열었다.

"장로회가 열리는 회당입니다. 여러분의 말을 빌리자면 제2왕국의 왕궁이죠. 대장로님이 기거하시며 정사를 돌보십니다. 들어가십시오. 장로님들이 기다리고 계십니다."

엘프 전사들은 모두 회당 앞에 도열했다.

아무래도 내부까지 따라 들어가지는 못하는 것 같았다.

사할린과 실비안의 수하들 또한 마찬가지였고, 실비안은 라이오스의 곁에 남았다.

자카르가 차가운 눈으로 그녀를 주시하자, 실비안이 담담히 대답했다.

"들어가서 직접 죄를 청하겠다."

"……뜻대로."

그녀의 흔들림 없는 말에 자카르 역시 더 이상 토 달지 않고 돌아섰다.

자카르가 직접 거대한 문을 열자 천천히 회당 내부의 모습이 드러났다.

라이오스의 뒤를 따라 들어가며 아렌트는 주변을 둘러보았다.

넓은 로비에서는 어떤 사치품이나 화려한 장식도 보이지 않았다.

확실히 모습을 보자니 왕궁이라는 말을 붙이기에는 어폐가 있었다.

'차라리 사원이나 신전이면 모를까.'

바닥을 장식한 타일이 독특한 무늬를 만들어 냈고, 천장에는 맑은 하늘을 묘사한 천장화가 그려져 있었다.

그리고 신들이 조각된 기둥들.

당장 눈에 보이는 장식은 그 정도가 다였다.

거대한 규모에 비해서 상당히 소박한 내부였다.

아렌트는 기둥의 신상에 주목했다.

'루체 신······.'

가장 굵고 높은 기둥에는 익숙한 루체 신이 묘사되어 있었다.

그 옆의 기둥들에는 엘프들이 모시는 각양각색의 또 다른 신들이 보였다.

이 세계에는 루체 이외에도 제법 많은 신들이 존재했다.

단지 칼리온 제국을 중심으로 뭉친 인간계에서는 다른 신들이 존재감을 드러내기 어려웠을 뿐이었다.

루체 신이 가장 크고 화려하게 새겨진 것을 보아하니, 이곳에서도 빛의 신이 가장 높은 서열인 듯했다.

'궁금하긴 하군.'

악신과 루체 신이 피 터지게 싸울 때, 다른 신들은 어디에 있었을까.

칼리온 제국의 기록에서는 루체 신의 편에 붙어 함께 악신에 대항했다는 것 같았다.

그러나 그것도 결국 교단끼리 연합했다는 이야기지, '신' 자체에 해당되는 내용은 아니었다.

신들은 뭘 하고 싶었던 걸까.

지하에 있던 어둠의 신전에서, 체르니온은 왜 말을 걸어왔을까.

한참 상념에 빠져 있던 아렌트는 새로운 인기척에 고개를 들었다.

로비에서 위로 뻗어난 계단을 타고 세 명의 엘프들이 걸어 내려오고 있었다.

전사들이나 바깥의 엘프와는 다른 옷차림이었다.

발끝까지 끌리는 흰 로브의 소매와 앞섶에는 보석으로 자수가 놓여 있었다.

'저놈들이군.'

저 세 사람이 바로 장로임을, 아렌트는 직감했다.

"장로님을 뵙습니다."

자카르가 먼저 나서서 한쪽 무릎을 꿇고 예를 취했다.

그의 뒤에 선 실비안 역시 자카르를 따라 했다.

"……안개숲 친위대장 실비안, 불명예스럽게 귀국했습니다."

"두 사람 다 일어나도록 해라. 그리고 실비안 대장, 그대와도 조금 후에 이야기하도록 하지. 지금은 손님이 와 있지 않은가."

가장 앞서 나온 엘프가 쓴 미소를 지으며 부드럽게 명령했다.

자카르와 실비안이 자리에서 일어나자, 그는 그제야 라이오스를 향해 몸을 돌렸다.

"반갑습니다. 신성 제국에서 오신 손님분들. 저는 숲 일족의 대장로, 알타이르라고 합니다."

자신을 알타이르라 소개한 장로는 이제 겨우 중년에 다다른 것처럼 보였다.

확실히 일족의 가장 높은 지도자를 자칭하기에는 젊은 모습이었다.

라이오스는 가슴 위에 손을 얹고 상체를 숙였다.

"칼리온 제국의 황실 제3기사단의 단장, 라이오스 드 윈프리드입니다. 엘프의 법도가 아직 익숙지 않아 저와 제 부하들이 무례를 저지른다면 부디 가르침을 주시길 바랍니다."

"아닙니다. 엘프는 허례허식을 좋아하지 않습니다. 그저 마음만 전해지면 충분하지요."

알타이르가 부드러운 미소를 지었다.

방금까지 살벌하던 분위기가 믿기지 않을 정도로 우호

적인 태도였다.

 하지만 그의 양옆에 선 두 사람은 여전히 라이오스를 향해 날 선 눈초리를 보내고 있었다.

 불쾌감을 표현할 만도 했지만, 라이오스는 담담하게 가지고 온 상자를 조심스럽게 들어서 장로들에게 보여 주었다.

 "회수한 정령석입니다. 이것을 돌려드리기 위해 찾아뵈었습니다. 사전에 양해를 구하지 않고 방문하게 된 점, 뒤늦게나마 사죄드립니다."

 정중하기 그지없는, 하지만 지나치게 저자세도 아닌, 올곧음의 정석이라 할 만한 태도였다.

 "그리고 칼리온 제국의 황제 폐하께서 친히 작성하신 친서와 함께 황태자 전하께도 작은 성의 표시를 전달해 달라 부탁하셨습니다."

 "황제 폐하께서 우리의 사정을 너그러이 이해해 주셔서 감사할 따름입니다. 르웰린 님은 안내역으로 동행하신 것이라 전해 들었습니다."

 "예. 오랜만에 뵙습니다, 알타이르 대장로님."

 르웰린이 활짝 미소 지으며 고개를 숙였다.

 그에게 화답하듯 고개를 끄덕인 대장로가 살짝 뒤로 물러섰다.

 "귀빈분들을 이리 세워 두는 것도 도리가 아니니, 안쪽으로 들어가시지요. 차와 다과를 준비해 두었습니다. 자카르, 그리고 실비안 대장. 그대들은 잠시 밖에서 대기하도록."

"호의에 감사드립니다."

라이오스의 인사에 대답하지 않은 채, 알타이르가 먼저 몸을 돌려 천천히 계단을 올라가기 시작했다.

그 뒤를 따르기 전, 라이오스는 기사들에게 시선을 보냈다.

라이오스와 눈이 마주친 르웰린 역시 미소 짓던 얼굴을 살짝 굳혔다.

그럴 수밖에 없었다.

무장한 전사 수십 명을 항구에 보낸 장본인이 바로 저 대장로일 테니까.

고압적인 분위기로 여기까지 일행을 끌고 온 주제에 정작 본인은 온화한 미소를 짓고 있었다.

그러니 기가 막힐 수밖에.

'고단수네.'

아렌트는 계단을 올라가는 장로들의 뒷모습을 눈으로 좇았다.

일행을 압박해, 협상에서 우위를 점하려는 속셈인 게 분명했다.

물론 상대가 라이오스이니 별 효과는 없을 테지만.

아렌트는 슬쩍 뒷머리를 긁적이고는 라이오스를 따라 걸음을 옮겼다.

계단을 절반쯤 올랐을 때 뒤를 돌아보니, 로비에 덩그러니 남겨진 실비안과 자카르가 서로 마주 보고 있는 것이 눈에 들어왔다.

자카르는 여전히 무표정한 얼굴로 실비안을 물끄러미 보았다.

그러자 애써 평정을 가장하던 실비안의 낯빛이 한순간 흐려졌다.

하지만 그것뿐이었다.

그들이 무슨 대화를 나누는지는 전혀 들리지 않았다.

"야, 뭐 해?"

"……."

아서의 재촉에 아렌트는 두 엘프에게서 자연스럽게 시선을 거두었다.

"아뇨, 아무것도."

이건 거짓말이었다.

극 위에서 아무것도 아닌 요소란 존재하지 않는 법이니까.

건성으로 뱉은 짧은 대답이 입 안에서 맴돌며 묘한 여운을 남겼다.

넓은 회의실에는 여섯 명의 다른 엘프 장로들이 착석한

상태로 기다리는 중이었다.

그 주위로 무장한 엘프 전사들이 마치 조각상처럼 벽에 붙어 서서 호위를 서고 있었다.

대장로가 일행을 이끌고 들어오자 엘프들이 모두 일어나 공손히 고개를 숙였다.

알타이르는 손을 한 번 내저으며 그들을 다시 착석시켰다.

대장로 알타이르가 비어 있던 상석에 앉고, 다른 두 장로도 자리에 앉은 뒤 라이오스와 르웰린이 착석했다.

기사들이 자연스럽게 라이오스와 르웰린의 뒤에 서자 알타이르가 입을 열었다.

"여러분도 편히 앉으십시오. 곧 차를 내올 것입니다."

"괜찮습니다. 저희는 이게 편합니다."

리히트가 다른 두 사람을 대신해 딱딱하게 대답하자, 알타이르는 아쉽다는 듯 고개를 끄덕였다.

"그러시군요. 대화를 나눌 기회는 앞으로도 있을 테니 강요하지는 않겠습니다."

그렇게 말하는 알타이르는 '좋은 사람' 그 자체로 보였다.

아렌트는 시종일관 부드러운 미소를 짓는 대장로를 가만히 관찰했다.

아까부터 생각했지만, 만만찮은 상대였다.

'역시 연륜이라는 건 무시할 수가 없나.'

알타이르에게서는 전혀 틈이 보이지 않았다.

"회수한 정령석입니다."

라이오스가 직접 들고 온 상자를 테이블 위에 올려놓았다.

달칵.

잠금장치가 풀리고 영롱한 빛을 내는 정령석 네 개가 모습을 드러냈다.

보물이 무사한 것을 확인한 장로들의 표정이 그제야 풀렸다.

"정말 정령석이군요. 상한 곳이 없어 정말로 다행입니다."

"그간 심려가 크셨을 것 같습니다, 장로님들."

흥흥하던 기세가 살짝 누그러진 틈을 타 르웰린이 잽싸게 말을 붙였다.

"어떻게 된 일인지는 실비안 대장님께 간단히 들었습니다. 아참, 저희가 억지로 부탁드린 거니 대장님을 너무 책망하지는 말아 주세요."

넉살도 좋게 애교 섞인 그의 말에 알타이르가 허허 웃으며 고개를 끄덕였다.

"그 아이에게도 자초지종을 들을 필요가 있겠지만, 너무 걱정하지는 마십시오. 여러분을 무사히 모시고 온 것만으로도 실비안 대장은 칭찬받아 마땅합니다."

"감사합니다, 대장로님."

 해사하게 미소 짓는 르웰린의 뒤로 살랑살랑 흔들리는 강아지 꼬리가 보이는 것 같았다.

 그 모습을 지켜보던 아렌트의 입가에 잠시 미소가 스쳤다.

 '역시나.'

 분명 의도된 넉살이었지만, 그럼에도 밉지 않았다.

 스스럼없이 다가가 타인의 경계심을 풀 수 있다는 것이 바로 르웰린의 가장 큰 강점이었다.

 그들이 르웰린에게 가진 호감은 거짓은 아닌 모양이었다.

 시종일관 굳어 있던 장로들의 얼굴이 조금이나마 펴졌다.

 그 흐름을 놓치지 않고 르웰린이 재잘재잘 말을 이어갔다.

"제가 좀 더 자주 연락을 드렸어야 했는데, 죄송합니다. 이렇게 큰일이 닥칠 줄은 모르고…… 습격당하신 장로님은 좀 어떠신가요?"

"지금은 요양 중이지만 곧 자리를 털고 일어날 겁니다. 너무 염려하지 않으셔도 괜찮습니다."

 어린 손자를 달래듯 말을 건넨 알타이르가 라이오스에게 시선을 주었다.

"라이오스 단장, 그대와 신성제국의 황제 폐하께 큰 은혜를 입었습니다."

"아닙니다. 당연한 일을 했을 뿐입니다. 황제 폐하와 황태자 전하께서도 엘프 왕국의 보물을 무사히 돌려 드릴 수 있다는 사실에 크게 안도하셨습니다."

사심이라고는 전혀 느껴지지 않는 진중한 대답에 분위기가 더욱 풀어졌다.

뒤이어 라이오스는 정령석을 발견한 경위를 간략하게 설명하기 시작했다.

자칫 예민할 수 있는 악신에 관한 내용은 제외했다.

산맥의 호수와 드래곤 레어에서 있었던 일만을 간추려 들려주는 내내, 대장로는 진지한 얼굴로 그의 말을 경청했다.

"……그렇게 되었군요. 우선 사죄를 드려야겠습니다. 탈주자가 그런 식으로 제국에까지 민폐를 끼칠 줄은 미처 예상치 못했습니다."

한참 뒤, 알타이르의 가라앉은 목소리에 라이오스는 고개를 내저었다.

"아닙니다. 장로님들도 어찌할 수 없으신 일임을 압니다. 제국 내에서 벌어진 일이니, 이 또한 저희가 최대한 수습하는 것이 옳다고 생각합니다."

"그 자리에 르웰린 님도 함께 계셨던 모양이군요."

줄곧 침묵을 지키던 다른 장로가 입을 열었다.

르웰린이 기다렸다는 듯이 고개를 끄덕였다.

"네, 저기 있는 아렌트 경과 개인적인 친분이 있어서요. 그 인연으로 함께 움직이게 됐습니다. 칼리온 제국의 황태자 전하께서 부탁하신 부분도 있구요."

"부탁이요?"

"정령석을 무사히 엘프 측에 반환하고 싶다고 하셨거든요. 그래서 비교적 엘프 왕국 지리에 밝은 제게 동행해 달라 말씀하셨습니다."

르웰린의 대답에 장로들의 시선이 자연스레 아렌트에게 모였다.

리히트와 아서는 자연스레 긴장할 수밖에 없었다.

하지만 다음 순간, 두 사람은 제 눈을 의심하고야 말았다.

알타이르와 눈을 마주친 아렌트가 유순한 미소를 지어 보인 것이다.

"르웰린 왕자님께서 흔쾌히 동의해 주셔서 참 다행이었습니다. 왕자님께는 참 감사하게 여기고 있습니다."

"쿨럭!"

아서가 저도 모르게 마른기침을 토해 냈다.

하지만 그것을 지적하는 사람은 아무도 없었다.

리히트와 르웰린 역시 비슷하게 경악하고 있었으니까.

심지어 라이오스마저 찻잔을 든 손을 살짝 떨고 말았다.

하지만 그들의 심정을 알 리 없는 알타이르는 그저 흡족하게 고개를 끄덕일 뿐이었다.

"그러셨군요. 젊은이들끼리의 우정은 언제나 보기 좋습니다."

"르웰린 왕자님께 언제나 신세를 많이 집니다. 이번 일도 발 벗고 나서 주셔서 큰 도움을 받았습니다."

대장로의 덕담에 아렌트가 단정히 대답했다.

"……."

신세라.

돈값 못 한다며 구박하고 툭툭 치고 싸가지 없게 구는 걸 신세라고 부를 수 있던가.

괜히 목이 타는 느낌에 르웰린은 앞에 놓인 차만 벌컥벌컥 마셨다.

다행히 장로들의 관심은 곧 아렌트에게서 멀어졌.

르웰린의 친구라고 한들, 라이오스가 있는 자리에서 굳이 견습 기사와 길게 대화를 나눌 필요는 없으니까.

즉, 아렌트는 방금 '겸손하고 예의 바른 견습 기사'의 이미지를 보여 준 거였다.

리히트와 아서가 비난 섞인 시선을 보냈다.

아렌트는 고개만 살짝 꺾어 뭐 불만 있냐는, 불량하기 그지없는 눈빛으로 받아쳤다.

그러는 사이, 라이오스가 화제를 돌렸다.

"엘프족의 배신자를 추적 중이지만, 중간에 흔적을 놓치고 말았습니다. 신병을 확보하는 즉시 보고하겠습니다."

"감사합니다. 필요한 것이 있다면 가감 없이 말씀해 주십시오."

고개를 끄덕인 알타이르가 자리에서 몸을 일으켰다.

"먼 길 오시느라 피곤하실 테지요? 숙소를 준비했으니 우선은 여독을 푸세요. 저녁에는 환영회 겸 감사 연회를 준비하겠습니다. 정령석을 무사히 돌려주셨으니 그 답례를 하고 싶습니다."

"호의에 감사드립니다."

라이오스가 꾸벅 묵례하자 알타이르가 장난스레 덧붙였다.

"르웰린 님이 좋아하시는 생선구이 요리를 많이 준비하라 이르겠습니다."

"감사합니다, 장로님."

순식간에 표정을 수습한 르웰린이 어린애처럼 웃었다.

훈훈한 분위기 속에 짧은 회담이 그렇게 끝났다.

* * *

대장로는 회당 근처의 건물 하나를 통째로 숙소로 내주었다.

장소를 옮긴 기사들은 가장 먼저 앞으로 머물 건물 전체를 수색했다.

사람이 숨을 만한 틈에는 일부러 커다란 짐 가방을 밀어 넣어 놓고, 창문과 문의 잠금장치도 모두 확인했다.

마지막으로 방의 가구와 물건 배치를 모두 눈에 넣은 다음, 그들은 다시 응접실에 모여 앉았다.

"엿들을 사람은 없는 것 같습니다."

"이게 뭐 하는 짓인지……."

리히트의 보고에 르웰린이 한숨을 푹 내쉬었다.

"확실히 분위기가 안 좋아. 원래는 이 정도까지는 아니었는데."

"그래도 첫 번째 시험은 그럭저럭 통과한 것 같지 않아요?"

그의 말을 받아 아렌트가 툭 내뱉었다.

"누가 봐도 떠보려는 속셈이 차고 넘치던데요. 우리가 믿어도 되는 상대인지, 아닌지."

전사들을 빙 둘러 세운 자리에서 장로들은 굳은 얼굴로 의심의 눈초리를 보냈다.

그런 와중 제대로 발언한 사람은 알타이르뿐이라니.

마치 압박 면접 현장 같은 모습이었다.

그래도 르웰린의 열연과 라이오스의 활약으로 어느 정도 의심을 거둔 것처럼 보였다.

아서의 곱지 않은 시선이 아렌트에게 닿았다.

"너는 계속 그렇게 헤실거릴 거냐?"

"불만 있어요? 아쉬우면 뭐, 평소대로 해 주고."

"……."

그의 입이 금세 닫혔다.

단번에 선배를 제압한 아렌트가 팔짱을 끼며 말을 이었다.

"핵심적인 이야기는 죄다 빼놓으시던데요. 아무래도 대장로님께서는 우리랑 협력하실 생각이 없으신 모양이에요."

"중요한 이야기는 결국 한 마디도 안 하셨지."

르웰린 역시 끙 앓는 소리를 내며 고개를 끄덕였다.

실비안과 엘프 전사 넷을 제국으로 보낸 이유부터, 진의 폭주에 대한 것까지.

결국 알타이르는 지금 벌어진 일의 핵심은 전혀 언급하지 않았다.

앞으로 천천히 이야기 해 줄 것 같은 기색도 아니었고.

아렌트가 그에게 질문을 던졌다.

"피습당한 장로님은 누군데?"

"숲 종족 장로님 중 한 분이실 거야. 아까 회의실에 안 계셨으니까."

곧장 르웰린에게서 답이 돌아왔다.

"제2왕국은 지금 여기, 중앙 도시까지 합쳐서 총 8개의 도시가 모여 있어. 숲 종족 엘프랑 안개 종족 엘프가 주요 구성원이지."

"두 종족이 구분되어 있습니까?"

지금까지 가만히 듣기만 하던 라이오스의 물음에 왕자가 고개를 끄덕였다.

"가까운 종족이지만 자세히 보면 외견이 조금 달라. 진처럼 황금색 금발을 가진 엘프는 숲 종족, 좀 더 은빛에 가까운 쪽은 안개 종족. 여하튼, 아까 숲 종족의 장로님 한 분이 부재중이셨어."

하지만 그 자리에 있던 누구도 그에 관해서 언급하지 않았다.

마치 사전에 약속이라도 한 것 같았다.

앓는 소리를 낸 르웰린이 제 머리를 헝클었다.

"이제는 나도 완전히 이방인 취급하시는군…… 뭐, 사태가 사태인 만큼 이렇게 될 거라고 짐작은 했어. 워낙 경계심 많은 분들이라. 이제 어쩔 거야? 라이오스 단장."

"일단은 엘프들과의 관계를 망치고 싶지 않습니다. 최대한 우호적인 방향으로 협력을 얻어 내야 합니다."

라이오스에게서 지극히 상식적인 대답이 돌아왔다.

하지만 지금 상황에서 그것은 요원해 보였다.

이대로라면 정령석을 넘겨준 뒤, 이곳에서 호위라는 명

목의 감시를 실컷 당하다 며칠 뒤 제국으로 다시 쫓겨나는 길밖에 남지 않았을 테니까.

하지만 언제나 이럴 때 방법을 내어 놓는 녀석이 있었다.

"엘프들의 협력을 사려면 우리도 먹음직스러운 걸 미끼로 내걸어야죠. 저쪽이 간절히 원할 만한 걸로."

아니나 다를까, 소파에 나태한 자세로 기댄 아렌트가 툭 내뱉었다.

아서가 의아하게 물었다.

"정령석은 이미 대장로님한테 넘겼잖아."

"그건 당장 여기에서 안 쫓겨나고 손님 대접받는 값이에요."

"그렇다면⋯⋯ 진인가?"

이번에는 리히트가 미간을 살며시 구기며 말했다.

진은 엘프 사회 내에서는 대역죄인인 데다, 그녀가 가지고 있을 정령석들도 회수해야만 했다.

하지만 아렌트는 이번에도 고개를 내저었다.

"우리가 여기에 있는데 무슨 수로 진을 당장 잡아다 바쳐요? 지금 엘프들한테는 더 급한 일이 있어요."

"그러니까 그게 뭐냐고."

아서가 답답한 마음을 이기지 못하고 따져 물었다.

아렌트는 시원스레 답을 내주는 대신 어깨를 으쓱할 뿐

이었다.

대답은 엉뚱한 곳에서 돌아왔다.

"악신교의 첩자."

라이오스였다.

반사적으로 그를 향해 고개를 돌린 부하들에게 라이오스가 또박또박 덧붙여 주었다.

"엘프 내에 숨어 있는 악신교의 끄나풀을 찾아야 한다. 그거라면 대장로님께 협상 조건으로 내걸 수 있겠지."

눈동자를 굴려 단장과 시선을 마주친 아렌트가 슬쩍 미소 지었다.

역시나 라이오스는 그 사실을 간파한 모양이었다.

"바로 그거죠."

멍하니 있던 르웰린이 퍼뜩 정신을 차렸다.

"물론 진을 부추긴 사람이 있을지도 몰라. 하지만 그게 같은 엘프라고는 확신할 수 없잖아."

"왜 없어? 아까 그 대장로님의 태도만 봐도 바로 답이 나오는데."

아렌트가 어깨를 으쓱했다.

"진을 추격한 사람은 실비안 대장님을 포함해서 단 네 명뿐이야. 반면에 정작 전사란 전사는 전부 엘프 왕국 내부에 남아 있잖아. 아마 우릴 경계해서 그런 건 아닐걸."

"알타이르 대장로님은 내부에 적이 남아 있다고 확신

하시는 겁니다. 그래서 우리 역시 필요 이상으로 경계하시는 거라 추측됩니다."

뒤이어서 라이오스 역시 그렇게 말했다.

가만히 듣던 아서가 고개를 끄덕였다.

"진을 체포하는 것보다 내부를 단속하는 게 더 급하셨다는 말씀이십니까?"

"진을 처단하는 것보다는 정령석을 회수하는 게 더 중요했을 거야. 그리고 정령석보단 내부 첩자를 찾아내는 걸 더 중요하게 여기신 거겠지."

단장 대신 아렌트가 그렇게 대꾸했다.

그러자 이번에는 리히트가 입을 열었다.

"하지만 첩자를 찾아내고 싶어도 단서가 없습니다. 정황상 엘프 왕국에 오래 녹아들어 있던 자일 텐데, 외부인인 저희가 무슨 수로……."

"엘프 왕국 사정에 밝은 저놈이 있잖아요."

말허리를 자른 아렌트가 고개만을 까닥 움직여 르웰린을 가리킨 뒤 덧붙였다.

"그리고 나도 있고."

"……진짜 재수 없는데 부정을 못 하는 게 더 짜증 나."

아서가 마른세수를 하며 우는 소리를 냈다.

어깨를 으쓱인 아렌트가 말을 이었다.

"원래는 평범했다가 최근에 엘프 왕국을 배신하고 진

을 꼬드겼다…… 아니면 정체를 숨기고 잠입해 있던 악신교가 이제야 움직이기 시작했다. 이 둘 중 하나일 것 같은데."

"후자일 가능성이 커."

"어째서입니까?"

라이오스가 확답하자 리히트가 의아하게 물었다.

단장이 차분하게 대답했다.

"엘프 사회는 폐쇄적이다. 최근 외부에서 악신교가 침입했다고 보긴 어려워."

"그럼 이제 용의자는…… 엘프 왕국에 터를 잡고 있으면서 비교적 외부에 길게 체류했던 사람쯤이 되겠네. 아니면 외부인과의 접촉이 잦았거나, 엘프 왕국 바깥에서 생활하다 최근에 이주해 온 사람."

엘프들이 꼭 자신들의 왕국 안에서만 사는 것은 아니었다.

극히 드물긴 했지만, 인간들의 나라와 가까운 곳에 작은 마을을 이루고 지내는 이들도 존재했다.

그리고 그중 바깥 생활을 접고 엘프 왕국으로 돌아오는 사람도 적지 않았다.

잠시 무언가 헤아리던 르웰린이 다시 운을 뗐다.

"……그리고 제2왕국 내부인. 맞지?"

"확신할 수는 없겠지만, 정황을 보면 그렇겠지."

아렌트가 대꾸하자 르웰린이 천천히 고개를 끄덕였다.

"몇 명 조건에 맞는 자가 있긴 해. 아마 연회에도 참석할 거야."

엘프들을 살피기에는 절호의 기회였다.

리히트가 진지하게 말했다.

"서툴게 떠보면 괜히 의심만 더 살 거다."

"안 서툴면 되잖아요. 그러니까."

아렌트가 눈을 치뜨고 단호하게 말했다.

"리히트 선배랑 단장님은 그냥 장로님들이 묻는 답에만 대답해요."

"……"

"어쭙잖게 뭘 해 보려고 하지 말고요. 방해됩니다. 그냥 평소처럼 과묵한 기사 행세나 하세요."

"……"

차마 부정할 수 없는 말에 리히트와 라이오스가 입을 꾹 다물었다.

두 사람을 닥치게 만든 아렌트가 이번에는 르웰린과 아서를 향해 시선을 던졌다.

"분위기 잡는 건 네가 하고, 아서 선배가 맞장구쳐요. 주제는 정의로운 기사, 라이오스 단장의 일대기. 말투는 최대한 천진난만하게. 알겠어요?"

르웰린과 아서는 얼떨결에 고개를 끄덕였다.

"리히트 선배랑 단장님은 분위기 잡는데 적당히 가져

다 써. 이 두 사람이 입을 열면 무게감이 생길 테니까."

"어어······."

무려 단장과 선배를 향해 '가져다 쓴다'라는 표현을 썼다는 걸 새삼 지적하는 사람은 없었다.

바보같이 대답만 하던 르웰린이 문득 물었다.

"그럼 넌?"

보통 이것들은 지금까지 아렌트가 하던 것들이었다.

누구에게 시키는 법도 없었다.

그야 당연한 일이었다.

분위기를 몰아가는 데 가장 능숙한 사람이 바로 아렌트였으니까.

"나?"

질문을 받은 아렌트가 손가락을 하나 세워 위를 가리켰다.

의미 모를 손짓에 모두가 어리둥절해하려는 찰나, 그가 툭 내뱉었다.

"제일 높은 사람 공략할 건데."

"뭐?"

그 태연자약한 대꾸에 모두 한순간 얼이 빠지고 말았다.

* * *

드넓은 홀에 반짝이는 샹들리에, 호화로운 요리, 우아

한 음악, 그리고 최선을 다해 치장한 사람들.

기사들이 연회라는 단어에서 자연스레 떠올리는 것들이었다.

그러니 엘프들의 회당 앞 광장에 커다란 불이 지펴졌을 때 기사들은 당황할 수밖에 없었다.

연회보단 축제에 가까운 풍경이었다.

뒤이어 사람들이 식재료를 날라 오고 요리사들이 삼삼오오 모여 손질을 시작했다.

해안에서 잡히는 커다란 생선들 역시 잔뜩 들어왔다.

알타이르 대장로가 말한 대로, 르웰린이 좋아한다는 생선 요리가 메인 디쉬인 모양이었다.

해가 완전히 지고 커다란 술동이까지 들어온 뒤에야 본격적으로 연회가 시작되었다.

"이거 한번 들어 보시지요, 단장님. 숲 깊은 곳에서 나는 과일로 담근 술입니다."

"감사합니다."

젊은 장로가 권하는 술을 건네받은 라이오스가 멈칫했다.

잔 안에서 찰랑이는 과일주에서 독한 술 냄새가 확 올라온 탓이었다.

장로가 재촉하듯 빤히 바라보는 탓에 라이오스는 눈을 딱 감고 술을 들이켰다.

한순간에 목 안이 뜨거워지는 게 느껴졌다.

"커헉!"

마침 가까이에 있던 아서가 콜록대며 기침을 토해 냈다.

그의 옆에 있던 또 다른 엘프가 너털웃음을 터뜨렸다.

"이런, 너무 독한가? 그래도 맛은 괜찮을 거라 보장하네."

"콜록, 예, 콜록…… 아주 향기롭습니다."

아서는 애써 미소 짓다 곧 자신을 바라보는 라이오스와 눈을 마주쳤다.

"……."

그가 다급히 눈짓하자 라이오스가 작게 고개를 끄덕였다.

근처에 있는 르웰린 역시 술맛을 보고는 곤혹스러운 표정을 짓고 있었다.

아무래도 엘프들이 작정하고 독한 술을 내어 온 것 같았다.

한평생 육신을 단련한 기사들이 쉽게 취할 리 없다.

하지만 엘프들은 애초부터 인간과는 신체 조건부터가 차원이 달랐다.

그들과 주량을 대결하는 건 미친 짓이었다.

이걸 주는 대로 받아 마셨다가는 곤란한 지경에 이를 거란 확신이 들었다.

"……콜록!"

심지어는 어지간하면 동요하지 않는 아렌트조차 입을 가리고 기침하고 있었다.

그 앞에는 마찬가지로 빙그레 미소 짓는 엘프 장로가 있었다.

'쉽지 않겠는데.'

라이오스는 착잡한 눈으로 술잔을 내려다보았다.

아무도 예상 못 한 사태였다.

게다가 주변의 엘프들은 이 독한 술을 아무렇지도 않은 얼굴로 꿀꺽꿀꺽 들이켜 대고 있었다.

광장에 놓인 단장에 올라간 알타이르가 잔을 높게 들고 온화하게 선언했다.

"반가운 외지인이 방문해 주셨습니다. 오랜만의 연회이니, 모두들 즐거운 마음으로 즐겨 주십시오."

지나칠 정도의 환대에 술을 거절하는 것도 여의치 않았다.

그들이 작당을 꾸민 만큼, 엘프들 역시 작정한 것 같았다.

그것도 아주 치사한 방식으로.

* * *

적어도 겉보기만큼은 즐겁고 시끌벅적한 연회 자리가

무르익어 갔다.

그들은 의자 대신 통나무 위에 걸터앉아 넓은 나뭇잎 위에 펼쳐 놓은 음식과 술을 먹었다.

유달리 맑은 하늘에는 별이 무수히 반짝이고, 조금 차가운 공기 사이로 커다란 모닥불의 열기가 전해졌다.

야외에서 연회를 벌이기에 이보다 더 좋은 날은 없었다.

"그렇게 다들 포기한 순간에, 라이오스 단장님이 앞으로 나서더니……!"

그리고 르웰린은 약간의 취기에 몸을 싣고서 라이오스의 무용담을 신나게 떠들어 댔다.

그가 기사단장이 되기까지의 험난한 과정, 그리고 단장이 된 후의 업적까지.

"이러니 우리가 단장님을 목숨 걸고 따를 수밖에요."

거기에 아서까지 추임새를 넣자 분위기가 점점 달아올랐다.

과장된 이야기에 라이오스는 조금 불편해 보였지만, 굳이 끼어들지는 않았다.

"……아무리 저라도 적군 50명과 한 번에 맞붙은 적은 없습니다."

"그래도 맞붙으면 처리하실 수 있잖아요, 단장님."

견디다 못한 라이오스가 꺼낸 겸손한 몇 마디가 더욱

르웰린과 아서의 이야기에 무게를 실어 주었다.

키득키득 웃음을 터뜨린 아서가 너스레를 떨었다.

"그때도 그랬잖아요. 그, 레베카의 성에 쳐들어갔을 때. 그렇게 강하다던 적이 단장님의 얼굴을 보자마자 꽁무니 뺐다면서요?"

가장 엘프들의 호기심을 끈 것은 당연히 구울을 소탕한 이야기였다.

악신에 관한 이야기가 나오자 비교적 나이 많은 장로들도 자연스레 대화에 끼어들었다.

"예상했던 것보다 사태가 심각했던 모양입니다."

"그랬습니다. 그간 라이오스 단장의 업적이 대단했어요."

술잔을 손에 들고 낄낄거리던 르웰린이 아서 쪽을 보았다.

"그나저나 폴라리스 장로님이 소싯적 계셨다는 곳 말이에요. 거기가 네펠레 왕국 인근의 산 아니었나요?"

"아아, 그렇습니다. 어린 시절을 아버지와 함께 외부에서 보냈지요. 그러다 곧 함께 지내던 분들과 함께 왕국으로 들어왔습니다만."

"네펠레 왕국을 지나오다 보니 폴라리스 장로님이 생각났거든요."

"하하, 그러셨군요. 기분 좋은 일입니다."

폴라리스 장로가 너털웃음을 터뜨리는 사이, 아서가 르웰린에게 알아들었다는 뜻으로 눈을 한 번 깜빡여 보였다.

이런 식으로 르웰린은 자연스럽게 용의자를 아서에게 알려 주었다.

그러면 아서가 그자의 인상착의와 이름을 머릿속에 집어넣는 식이었다.

리히트와 라이오스 역시 엘프들에게 둘러싸이긴 마찬가지였다.

두 사람은 엘프들이 권하는 술을 최대한 조금씩 홀짝이며 분위기를 맞췄다.

열심히 떠들어 대는 덕에 아서와 르웰린은 술을 어느 정도 피할 수 있었지만, 그들은 사정이 좀 달랐다.

"잘 드시는군요, 라이오스 단장."

"……향이 좋습니다."

라이오스는 거북함을 애써 가라앉히며 그렇게 대답했다.

"그럼 한 잔 더 받으시죠."

간신히 비운 잔이 또 금세 채워졌다.

엘프는 그런 기사단장의 속을 아는지 모르는지 싱글벙글 웃을 뿐이었다.

라이오스는 관자놀이를 꾹꾹 눌렀다.

아서와 르웰린에게 갈 술까지 모두 자처해 받던 그였다.

리히트가 옆에서 거들어 주었지만 그래도 슬슬 머리가 띵해지고 있었다.

'죽겠군.'

이러다간 첩자를 찾기는커녕 정말 오랜만의 숙취에 시달리게 생겼다.

"……잠깐."

그런 시답잖은 생각을 하던 순간, 문득 가슴 한구석이 서늘해졌다.

"왜 그러십니까, 단장님?"

"아렌트는?"

라이오스의 한마디에 리히트의 술기운이 순식간에 달아났다.

아서와 르웰린의 수다도 순식간에 뚝 멎었다.

"……그러고 보니까 아까부터 안 보였습니다."

잠깐 뜸을 들이던 리히트가 간신히 대답했다.

연회가 시작될 때까지만 해도 아렌트는 르웰린과 아서 근처에 있었다.

먹는 것을 즐기는 녀석답게 식사에 집중하는 모습을 본 것 같기도 했다.

르웰린의 이야기가 이어질수록 당연히 아렌트의 이름

도 자주 언급되었다.

최대한 언급을 피하고는 있었지만 어쩔 수 없었다.

그가 한 일이 워낙 많았으니까.

시간이 지날수록 다른 엘프들도 아렌트에게 관심을 기울이기 시작했다.

제게 시선이 모인다는 것을 알아차린 아렌트는 평소처럼 한두 마디 농담을 던지며 자연스럽게 사람들 틈에 섞여 들었다.

그리고 그 뒤는……

기억에 없었다.

분위기에 휩쓸리다 보니 미처 신경 쓸 겨를이 없었다.

라이오스는 앞뒤 잴 것 없이 벌떡 자리에서 몸을 일으켰다.

그리고 곧 익숙한 뒤통수를 발견했다.

"……."

모닥불과 가까운 곳에 놓인 통나무에 걸터앉은 아렌트 주변에 엘프들이 모여 있었다.

심지어 아렌트 옆에 앉은 사람은 알타이르 대장로였다.

어쩌면 별난 것 없는 모습일지도 몰랐다.

그의 주변에 사람이 구름처럼 몰려드는 것 역시 이제는 제법 익숙한 모습이었으니까.

그러나 일행은 곧 아렌트가 평소와 다르다는 것을 알아차릴 수 있었다.

그를 불안하게 관찰하던 리히트가 미간을 찌푸렸다.

"……."

대장로와 한참을 떠들던 아렌트가 갑자기 말을 멈추더니 이마를 짚었다.

살짝 앞으로 숙여진 상체가 흔들리는 꼴이 퍽 위태로웠다.

"괜찮나? 속이 안 좋아 보이는군."

"……괜찮습니다."

대장로가 다정히 묻는 말에 아렌트가 대꾸하는 목소리가 어렴풋이 들려왔다.

하지만 괜찮다는 말과는 별개로 관자놀이를 꾹꾹 누르는 게 꽤 괴로워 보였다.

아무래도 그들이 놓친 사이 대장로를 필두로 한 엘프들에게 집중 공격을 당한 모양이었다.

"그렇다면 다행이군. 술이 아직 많이 남아 있다네. 어서 들게."

아렌트의 맞은편에 앉은 엘프가 다시 술잔에 술을 가득 부어 주었다.

하지만 아렌트는 머리를 부여잡고 한참 동안 고개를 들지 못했다.

한참 뒤 아렌트가 간신히 시선을 들었다.

일렁이는 모닥불 아래로 얼핏 보이는 그의 옆얼굴이 붉게 달아오른 게 보였다.

"……."

그 꼴을 본 일행은 그만 할 말을 잃어버리고 말았다.

한참 만에 리히트가 입술을 달싹였다.

"……큰일 난 거 아닙니까?"

불행히도, 그 말을 부정할 수 있는 사람은 아무도 없었다.

* * *

옛날에는 술을 꽤 즐기던 아렌트였다.

오래전에는 취한 채 황궁 밖에서 시비에 걸리는 일도 종종 있었다.

하지만 그것도 옛말이었다.

최근 들어, 정확히는 감옥에 갇혔다 풀려난 뒤로, 아렌트는 단 한 번도 취한 모습을 보인 적 없었다.

초인적인 정신력을 가진 아렌트였다.

그러나 이 정도로 독한 술은 의지만으로 어떻게 할 수 있는 게 아니었다.

게다가 보아하니 알타이르 대장로는 아예 작정하고 아렌트에게 술을 권하는 중이었다.

지금은 함부로 거절했다간 의심을 살 수 있는 상황이었다.

'……젠장.'

그리고 아렌트는 제가 만든 판을 망치지 않기 위해 주량 이상의 술을 억지로 마시는 것도 충분히 감수할 만한 놈이었다.

"왜 그러나?"

분위기가 이상해지자 함께 수다를 떨던 엘프가 의아하게 물었다.

아서는 어색하게 웃으며 급하게 얼버무렸다.

"아, 아닙니다. 아무것도. 그냥 제 후배가 많이 취한 것 같아서요."

"아무래도 대장로님이 저 청년을 상당히 마음에 들어 하시는 것 같네. 르웰린 님도 아시지요? 저분이 얼마나 심술궂으신지."

폴라리스 대장로가 너털웃음을 터뜨리자 르웰린 역시 억지 미소를 띠며 고개를 끄덕일 수밖에 없었다.

"하하, 그렇죠……."

일행은 재빨리 눈짓을 나눴다.

당장 무슨 수를 내야만 했다.

고민은 길지 않았다.

그들 중 제일 조용히 있던 리히트가 슬그머니 몸을 일으키던 순간.

때마침 요리사가 그들 앞에 몸통만 한 생선구이를 떡하니 들이밀었다.

"새로 구워 왔는데, 어떠십니까? 아직 음식은 많으니 사양하지 마십시오."

"……아, 예. 감사합니다."

결국 리히트는 타이밍을 놓치고 다시 자리에 앉을 수밖에 없었다.

르웰린이 어색하게 분위기를 풀었다.

"뭐, 괜찮지 않겠어? 쟤가 애도 아니고."

"사고 칠까 봐 그런 거죠, 사고 칠까 봐……."

착잡한 마음에 아서는 지금껏 모르는 척 옆에 치워 뒀던 술로 목을 축였다.

"으엑."

목이 타들어 가는 듯한 느낌에 금세 후회했지만.

리히트와 라이오스는 아서의 말에 지극히 공감했다.

제발 사고만 치지 말길.

그들은 불안한 눈으로 대장로와 아렌트의 뒷모습을 물끄러미 바라보았다.

* * *

아무것도 모르는 젊은이를 상대로 할 짓이 아니라고,

대장로 역시 그렇게 생각하고 있었다.

"으......"

취기가 올라 멍한 얼굴로 연신 관자놀이를 누르는 청년을 보고 있자니 더욱 양심의 가책이 느껴졌다.

"그래서, 어디까지 이야기했더라?"

"......구울 이야기까지요. 대장로님은 구울이 실재한다는 걸 아셨습니까? 저는 세상에 그렇게 못생긴 놈들이 있다는 걸 처음 알았습니다."

알타이르가 가볍게 재촉하자 속이 괴로운 듯 잠시 입을 다물고 있던 견습 기사가 다시 운을 뗐다.

"어쨌든, 적에 대한 정보가 없어서 꽤 곤란했습니다. 추적하는 것도 그렇고, 적을 상대할 때도 굉장히 까다로웠어요."

"우리가 곤혹을 치르는 사이 신성제국에도 큰일이 벌어졌다니. 이거 유감이군."

"네, 그래서 실비안 대장님께 다소 무례를 범했습니다. 저희도 신경이 곤두선 상태였던지라 생각이 짧았습니다."

그러나 취한 와중에도 정중함을 잃지 않는 정신력이 퍽 감탄스럽고, 한편으로는 기특하기도 했다.

"그렇군요. 실비안 대장도 이해하실 겁니다."

알타이르는 마치 어린애 달래듯 맞장구를 쳐 주고는 자

신도 독주를 한 모금 들이켰다.

그러자 아렌트가 샐쭉 웃으며 술병을 들어 보였다.

"한 잔 더 하시겠습니까?"

"그럼, 좋지."

알타이르는 기꺼이 자신의 술잔과 반쯤 빈 아렌트의 잔을 채워 주었다.

제 잔을 바닥에 내려놓은 아렌트가 다시 말을 이었다.

"그래서 드래곤 레어에서 엘프를 발견했을 때는 좀 놀랐습니다. 르웰린이…… 아니, 르웰린 왕자님이 숲 종족의 소녀라고 알려 줬어요. 그 애도 르웰린 왕자님을 알아보더라고요."

"르웰린 님은 엘프들 사이에서 유명하니까. 인간이 거의 드나들지 않는 곳이라, 가끔 르웰린 님이 방문하시면 회당이 북적일 지경일세."

"흐음……."

멍한 얼굴로 아렌트가 고개를 아래위로 주억거렸다.

그러더니 잠깐 내려놓았던 술잔을 다시 들어 목을 축였다.

그 모습을 보자니 알타이르는 약간 측은한 마음이 들었다.

아렌트와의 대화로 제국에 어떤 일이 벌어졌는지는 대충 파악할 수 있었다.

동시에, 알타이르는 악신교가 얽힌 그 모든 일에 이 청년이 개입했다는 것 역시 확신했다.

'내 판단이 옳았군.'

르웰린이 이야기보따리를 풀어놓기 시작한 무렵부터 짐작했다.

라이오스의 활약상을 늘어놓는 와중에 유난히도 이 소년의 이름이 자주 들려온 것이다.

그래서 따로 불러내 술을 권했고, 결국 알타이르는 자신의 추측이 사실이라는 것을 확인했다.

알타이르가 초췌한 아렌트의 얼굴을 살폈다.

아마 그동안 험한 일을 많이 겪었을 것이다.

"고생이 많았겠군."

"아닙니다. 해야 할 일을 했을 뿐인데요. 놈들이 하루빨리 소탕되어서 엘프 왕국에 평화가 찾아오길 바랍니다."

짧은 위로에도 청년은 담담하게 고개를 내저을 뿐이었다.

그 모습에 알타이르는 속으로 감탄할 수밖에 없었다.

라이오스 드 윈프리드 기사단장이 신성제국에서 모든 기사의 귀감으로 여겨진다더니, 아래에 있는 견습 기사 역시 범상치 않았다.

그 순간, 갑자기 아렌트가 먼저 운을 뗐다.

"대장로님, 그거 아십니까?"

상당히 뜬금없는 말이었다.

알타이르가 의아해할 새도 없이 아렌트가 덧붙였다.

"제국에는 이런 단어가 있습니다. 협력이라고요."

"그게 무슨 뜻인가?"

알타이르가 되물었다.

견습 기사는 말이 꼬이지 않도록 천천히, 아주 신중하게 말을 이었다.

"곤란한 일이 있다면 언제든 말씀해 주세요. 이렇게 연이 닿은 이상, 저희는 엘프들과 힘을 합칠 의사가 충분히 있습니다."

"……그거 고마운 말이군."

잠깐 뜸을 들이던 알타이르가 쓴 미소를 지으며 고개를 끄덕였다.

하지만 아렌트의 말은 거기에서 끝나지 않았다.

"그리고 제국엔 책임감이라는 단어도 있습니다. 그런 의미에서 실비안 대장님은 존경받아 마땅합니다. 부하들의 목숨을 살리기 위해 체면을 내려놓으셨으니까요…… 결국 대장님께서 엘프와 우리의 분쟁을 막으신 셈입니다."

실비안이 적의 책략에 당해 항복했다는 것은 전해 들었다.

처음에는 합당한 처벌을 내릴 생각이었지만 이야기를 듣는 동안 대장로의 생각이 바뀌고 있었다.

이런 자들을 상대로 무기를 드는 것은 어리석은 짓이다.

게다가 결국 정령석들도 무사히 돌아오지 않았는가.

"그렇군. 실비안 대장을 아주 좋게 본 모양이야. 내일 해가 뜨면 그녀에게 전해 주도록 하지."

대장로가 기분 좋게 고개를 끄덕였다.

첫 대면은 분명 유쾌하지 않았다.

하지만 르웰린이 데려온 손님들이 악인이 아니라는 것은 이제 충분히 검증됐다.

남은 것은 며칠간 기분 좋게 대접해 준 뒤 돌려보내는 일뿐이었다.

그렇다면 향후 신성제국과의 관계도 더욱 우호적으로 발전할 것이다.

그 후 내부의 일을 정리하고 다시 평화를 되찾으면 끝이었다.

또다시 술을 홀짝인 어린 기사가 짧게 내뱉었다.

"그리고 한 가지 말이 더 있습니다."

왁자지껄하게 떠드는 엘프들의 목소리가 기분 좋게 들렸다.

차가운 공기와 모닥불이 어우러진 온도는 딱 적당했다.

한쪽에서는 흥이 오른 엘프가 풀피리를 연주하기 시작했다.

누군가가 데려온 원숭이가 제멋대로 뛰어다니며 과일을 얻어먹었다.

어디선가 나타난 앵무도 이따금 꾸악, 하는 우스꽝스런 소리를 내며 제 존재감을 알렸다.

경계심이 풀리니 취기 역시 딱 좋게 올라오는 것 같았다.

그 모든 흥취를 느끼며 알타이르가 한결 가벼워진 기분으로 물었다.

"무슨 말인가?"

이미 잔뜩 취한 견습 기사는 제 상체가 휘청이는 것도 알아차리지 못한 것 같았다.

이대로라면 숙소로 돌아갈 때도 누군가의 부축을 받아야 할 듯했다.

견습 기사는 처음의 차가운 인상을 버리고서 앳된 얼굴에 잘 어울리는 미소를 배시시 머금었다.

"잠깐 귀 좀 빌려주세요, 대장로님."

"그러지."

그 장난스러운 요구에 알타이르는 어린애에게 맞장구쳐 주는 것처럼 고개를 크게 끄덕이고는 허리를 기울여 주었다.

마치 엄청난 비밀 이야기를 하는 것처럼, 청년은 신중

한 모습으로 가까이 다가왔다.

그러고는 엘프족 특유의 긴 귀에 입을 가까이 가져가 속삭였다.

"제국에는요, 대장로님. 이런 말이 있습니다."

신중하게 또박또박 같은 말을 한 번 더 반복하는 어조에서 오히려 더욱 취기가 느껴졌다.

알타이르가 가볍게 웃음을 터뜨렸다.

"그 말은 이미 몇 번이나 했네. 그게 뭔가?"

"그건요……."

한참 더 뜸을 들이던 청년이 짧게 툭 내뱉었다.

"염치."

순간 등줄기가 섬뜩해졌다.

"……!"

알타이르는 급하게 뒤로 물러나 그와 거리를 벌렸다.

방금 전의 싸늘한 목소리가 마치 거짓말이었단 듯, 청년은 사람 좋게 미소 지을 뿐이었다.

"꼭 기억해 주세요, 대장로님. 아시겠죠?"

"……."

얼어붙은 대장로는 퍼뜩 대답할 수 없었다.

그러는 사이, 아렌트가 비틀대며 몸을 일으켰다.

"아, 너무 마셨나…… 잠깐 바람 좀 쐬고 올게요. 머리가 깨질 것 같은데……."

그렇게 말한 아렌트는 채 몇 걸음도 벗어나지 못하고 크게 휘청이다 우당탕, 넘어졌다.

"으아아악, 아서 경! 저거 빨리 데려와!"

"야, 야! 괜찮냐?"

덕분에 한바탕 소란이 일었다.

르웰린이 비명을 질렀다.

그들을 걱정스레 바라보던 젊은 기사, 아서가 기겁하며 달려와 아렌트를 일으켜 세우는 게 보였다.

제 동료에게 간신히 몸을 의지하는 모습은 분명 만취한 사람 그 자체였다.

숨결에서 느껴지던 술 냄새도, 몸짓 하나하나도 진짜였다.

우르르 달려온 동료들에 둘러싸인 모습도 꾸며 낸 것처럼 느껴지지는 않았다.

알타이르는 멍하니 제 귀를 만졌다.

협력, 책임, 그리고······.

조곤조곤하게 이야기하던 청년의 목소리가 유달리 오랫동안 귓가에 맴돌았다.

* * *

마침 끝날 기미가 안 보이는 술자리에서 도망칠 명분을

찾고 있던 그들이었다.

그 기회를 놓치지 않고, 일행은 우르르 아렌트의 뒤를 따라 숙소로 돌아왔다.

"야, 야! 똑바로 좀 걸어 봐, 인마!"

아렌트를 질질 끌다시피 해 숙소로 데려오며, 아서가 타박했다.

하지만 돌아오는 대꾸는 없었다.

풀풀 풍기는 술 냄새가 심상찮은 것을 보니 정말로 술을 주는 대로 다 받아 마신 모양이었다.

아서를 도와 아렌트를 붙잡은 르웰린 역시 혀를 내둘렀다.

"독한 거야, 아님 미련한 거야?"

"아마 둘 다일 듯합니다."

리히트가 질린 얼굴로 맞장구를 쳤다.

그래도 덕분에 술자리에서 도망칠 수 있었으니, 그 점만큼은 다행이었다.

우여곡절 끝에 숙소에 다다른 그들은 아렌트를 응접실 소파에 앉혔다.

아니, 앉히려고 했다.

하지만 그 순간, 아렌트가 르웰린과 아서의 손을 탁 쳐냈다.

"⋯⋯뭐, 뭐야?"

단호한 거절 의사에 두 사람은 얼떨떨하게 손을 놓고 물러섰다.

어느새 아렌트는 두 발로 꼿꼿이 중심을 잡고 서 있었다.

"……."

그는 삐딱하게 서서 이마를 짚은 채 고개를 숙이고 한참을 못 박힌 듯 서 있기만 했다.

결국 보다 못한 라이오스가 조심스럽게 그를 불렀다.

"아렌트."

잠깐의 침묵 후.

그에게서 짜증 섞인, 그리고 지나치게 또렷한 목소리가 자연스럽게 흘러나왔다.

"치사한 엘프 새끼들, 뭔 놈의 술이 그렇게 독해?"

"……."

아렌트는 손으로 한 번 얼굴을 쓸어내린 뒤 얼굴을 들었다.

멍하니 풀렸던 눈과 취기 어린 앳된 낯은 온데간데없이 사라진 후였다.

짜증스레 뒤통수를 긁적인 아렌트는 입을 쩍 벌린 채 자신을 바라보는 일행을 향해 불량하기 그지없는 눈빛을 보냈다.

"왜요. 불만 있어요?"

평소와 다를 바 없이 까칠한 한 마디는 덤이었다.

그 꼴을 보고 있자니 맥이 탁 풀렸다.

그들은 누가 먼저랄 것 없이 이마를 짚고 한숨을 푹 내쉬었다.

역시 아렌트는 아렌트였다.

6장. 솔직한 것은 부끄러운 게 아니다

솔직한 것은 부끄러운 게 아니다

"진짜 정신 나간 놈들 같으니······."
셔츠 단추를 풀며 아렌트가 털썩 소파에 주저앉았다.
"용의자는 대충 눈에 넣었어요?"
"어, 어어······ 그런데 너 괜찮냐? 술 많이 마신 거 아냐? 엄청 독하던데?"
아서가 더듬더듬 묻자 평소와 같은 대꾸가 돌아왔다.
"안 괜찮은데요."
"······."
선배를 향해 보내는 저 한심하다는 눈빛.
그리고 싸가지 없는 말투는 분명 익숙한 것들이었다.
허탈해진 기사들은 저마다 한숨을 푹푹 내쉬며 천장을 올려다보았다.

그러거나 말거나 아렌트는 흙 묻은 바지를 털며 짜증스레 투덜거릴 뿐이었다.

"괜히 지저분하게 바닥만 굴렀네. 에이, 씨."

"뭐야? 어떻게 된 거야?"

퍼뜩 정신을 차린 르웰린이 따져 물었다.

아렌트는 어깨를 으쓱했다.

"대장로 아저씨가 작정한 것 같길래…… 술병 몇 개에 물을 채워 놨지."

연회가 본격적으로 달아오르기 전에 미리 해 둔 수작질이었다.

아렌트는 술병인 척하며 물을 들고 다녔다.

그러다 대장로와 대화를 시작한 후, 물을 넣은 술병을 몰래 자신 쪽으로 빼돌려 놓은 거였다.

그리고 대화를 나누는 틈틈이 몰래 술잔에 술 대신 물을 부어 마셨다.

무대에서 관객들의 눈을 속이는 손재주에는 이골이 난 그였다.

엘프의 시선을 피하는 것 역시 그다지 어려운 일은 아니었다.

리히트가 떨떠름하게 물었다.

"……안 들켰나?"

"전부 다 이야기 듣는 데 정신이 팔려 있으니, 술병인지 물병인지 알 게 뭐예요?"

하긴 아렌트의 존재감이 잠깐이라도 사라졌다는 것부터가 이상한 일이었다.

좋은 의미로든 나쁜 의미로든 어딜 가나 눈에 띄는 게 그인데.

묵묵히 아렌트를 내려다보던 라이오스가 툭 내뱉었다.

"그래도 꽤 마신 것 같은데. 괜찮은 거 맞나?"

"안 괜찮다니까요. 그렇다고 술을 아예 안 마시면 의심할 것 같으니까 적당히 어울렸죠."

아렌트가 짜증스레 대꾸했다.

즉 어느 정도는 정신력으로 이겨 냈다는 뜻이었다.

흰 얼굴이 빨개진 것을 보아하니 겉보기만큼 멀쩡한 것은 아닌 것 같았다.

르웰린이 혀를 내둘렀다.

"진짜 독한 놈……."

"물이나 내놔 봐. 나 진짜 뒈질 것 같으니까."

그러거나 말거나 아렌트는 그를 향해 뻔뻔히 손을 내밀었다.

르웰린이 한숨을 푹 내쉬며 주전자에서 물을 따라 건네주었다.

단숨에 물을 들이켠 아렌트가 운을 뗐다.

"어쨌든, 대장로님한테 이것저것 주워들었는데요."

"……."

그런 와중에 제 할 몫도 해냈다니 어처구니가 없었다.

물 한 잔을 더 비운 아렌트가 빠르게 말을 이었다.

"생각보다 일이 어렵지는 않은 것 같아요. 대장로님이 마음이 제법 급하신 것 같더라고요."

"마음이 급하시다고?"

"네, 아직 다른 왕국까지는 이번 사건이 퍼지지 않았나 봐요."

리히트의 물음에 아렌트가 간략하게 대꾸했다.

"다른 왕국에서도 정령석 탈취 사건이 일어나지는 않았느냐고 여쭤봤거든요. 그러니까 아직 그런 소식은 들리지 않았다고만 하시고 급하게 화제를 돌리시더라고요."

"근거는 그것뿐인가?"

이번에는 라이오스가 질문했다.

"아뇨, 눈치 없는 엘프 하나가 최근에 다른 왕국과 거의 교류하지 않는다고 말하더라고요. 대장로님이 잡아먹을 기세로 노려보니까 금세 닥쳤지만."

거기까지 말한 아렌트가 르웰린에게 시선을 주었다.

"엘프국에서 인간들과 교류할 수 있는 항구가 있는 건 2왕국뿐이라면서?"

"맞아. 바다 쪽 영토는 거의 다 안개숲 종족이 차지하고 있어. 인구가 가장 많은 것도 2왕국이고……."

"제2왕국에서 항구를 틀어막아 버리면 다른 왕국에서는 속수무책이라는 거지?"

르웰린이 답을 내주자 아서가 그의 말을 받았다.

아렌트가 고개를 끄덕였다.

"맞아요. 어떤 식으로 다른 왕국의 불만을 일축했는지는 모르겠지만, 어쨌든 정령석 탈취 사건이랑 악신교가 발발했다는 건 2왕국 내에서만 알려진 사실인 것 같아요."

"하긴, 그게 알려졌다면 다른 왕국의 대장로님들이 가만히 계셨을 리가 없지……."

그 말에 르웰린이 애매한 얼굴로 긍정했다.

"그래서 대장로님은 초조해지신 겁니다. 인간들 상대로 평소에는 하지도 않을 치사할 수법까지 쓰시면서요…… 당연한 일이죠. 하늘을 손바닥으로 가려 보겠다고 발버둥 치시는 중이니까."

말끝을 흐린 아렌트가 물을 한 잔 더 따라 마셨다.

그러고는 무표정으로 말을 이어 갔다.

"……일단 인간이 적이라는 생각은 더 안 하시는 것 같습니다. 단장님이랑 르웰린 녀석을 제법 신뢰하시는 눈치고. 그렇다고 해서 우리랑 힘을 합칠 생각은 전혀 없어 보여요. 뭐, 미끼 정도는 던져 뒀지만."

솔직한 것은 부끄러운 게 아니다 〈273〉

"미끼라니? 뭐야. 무슨 짓이라도 했어?"
"그런 게 있어요."

아서가 의아하게 고개를 갸웃했지만 아렌트는 대강 손을 휘 내저을 뿐이었다.

"아마 며칠 안에 반응이 올 거예요. 명색이 엘프 대장로인데, 이걸 모를 정도로 아둔한 사람은 아닌 것 같거든요. 그리고…… 또 뭐가 있더라."

"뭐가 더 있어?"

르웰린이 눈을 휘둥그레 뜨자 아렌트가 천연덕스럽게 대꾸했다.

"막판에는 대장로님도 취하셔서 이런저런 이야기를 많이 해 주시더라고. 대장로님은 진짜 독주만 잔뜩 들이켜셨으니 당연하지."

"……."

그들의 얼굴이 착잡해졌다.

자고로 남을 취하게 만들려면 자신 역시 그에 버금가는 술을 마셔야 했다.

술잔이란 원래 주고받는 것이니까.

아렌트는 어차피 알려 줘야 했을 사실들만 몇 마디 주워섬겼을 뿐일 테고.

결국 일방적으로 탈탈 털린 건 대장로뿐인 것 같았다.

"대장로님은 짐작이나 하실까요…… 당신 꾀에 본인만

넘어갔다는걸."

"나중에 아신다면 위장을 부여잡으시겠군."

아서가 떨떠름하게 중얼거리자 리히트가 맞장구쳤다.

말을 고르듯 잠깐 뜸을 들이며 이마를 짚던 아렌트가 다시 고개를 들었다.

"드래곤 이야기는 아직 안 했죠?"

"……진의 연구소를 드래곤 레어에서 발견했다는 이야기까지는 했어."

그 몸짓에 묘한 위화감을 느끼면서도 아서는 일단 답을 내주었다.

"렉시온이나 질베르테에 관한 건 말 안 했다는 거죠? 살짝 물어봤는데, 과거에 인간 음유 시인이랑 엘프가 가깝게 지낸 적이 있대요. 어쩌면 질베르테에 대한 단서도 얻을 수 있을 것 같아요."

아렌트는 다시 손을 뻗어 물잔을 쥐었다.

그것을 눈치챈 르웰린이 재빨리 주전자를 기울여 잔을 채워 주었다.

찬물을 또 한꺼번에 마신 아렌트가 다시 운을 뗐다.

"그리고 대장로님이 악신에 관한 화제는 노골적으로 피하시더라고요. 사실 거기까지는 예상했지만, 엘프들이 모시는 다른 신도 언급하기 꺼리시던데…… 원래 그래?"

마지막 물음은 르웰린을 향한 거였다.

주전자를 내려놓으며 르웰린이 애매하게 눈썹을 찌푸렸다.

"아니, 오히려 신화는 먼저 자주 이야기해 주시는 편이야. 특히 안개숲 종족은 바다의 신을 모시니까, 해안에 바다의 신을 위한 신전도 있어."

"그럼 뭔가 이유가 있다는 건데……."

아렌트가 살짝 인상을 쓰며 말꼬리를 흐렸다.

"그쪽도 확인해 봐야겠어. 이번 사태랑 관련이 있는 듯하니까. 어쨌든, 다른 장로님들은 대장로님 눈치만 슬슬 보고 있고…… 아, 이런 개같은…… 머리가 안 굴러가네."

혼잣말처럼 중얼거리던 아렌트가 욕설을 내뱉으며 제 얼굴을 쓸어내렸다.

아서는 다시 한번 위화감을 느꼈다.

"야, 아렌트."

"……왜요."

잠깐의 뜸 뒤 또렷한 대답이 돌아왔다.

하지만 그 짧은 공백 사이에서 그들은 드디어 이상함을 깨달았다.

고개를 숙인 채 이마를 짚은 아렌트의 귀가 새빨개져 있었다.

아까 모닥불 근처에 있을 때보다 더 달아오른 것 같았다.

한참만에 다시 자세를 바로 한 아렌트가 가까이에 둔 잔을 향해 손을 뻗었다.

한 차례 헛손질을 한 다음에야 잔을 쥔 아렌트는 다시 찬물을 마셨다.

허공을 휘적이는 손에 모두 소리 없이 경악했다.

탁, 소리 나도록 잔을 내려놓은 그가 결국 소파에 상체를 툭 기댔다.

두통이 계속 올라오는지 이마를 짚은 손은 치우지 않은 채였다.

"……."

대화를 이끌어 가던 녀석이 말을 멈춘 탓에 실내가 갑자기 조용해졌다.

아렌트가 그대로 한참 동안 꼼짝도 하지 않자 라이오스가 조심스럽게 입을 열었다.

"……아렌트?"

"……."

하지만 돌아오는 대답은 없었다.

이번에는 리히트가 손을 뻗어 그의 어깨를 흔들었다.

여전히 반응은 돌아오지 않았다.

리히트는 꺼림칙한 얼굴로 손을 놓았다.

그러자.

스르륵, 툭.

아렌트는 중력에 이끌려 그대로 소파 위에 쓰러져 버렸다.

"……."

일동은 순간 상황을 파악하지 못하고 멀뚱멀뚱 눈을 끔뻑이기만 했다.

방금까지 명민하게 반짝이던 아렌트의 눈이 굳게 감겨 있었다.

이런저런 말을 잘도 떠들어 대던 입 역시 힘이 풀려 슬쩍 벌어진 채였다.

누가 봐도 술에 취해 쓰러져 잠든 모양새였다.

귓가에 들리는 것은 얼굴이 빨개진 채 잠든 견습 기사가 내뱉는 숨소리뿐이었다.

우두커니 서서 그 꼴을 보던 르웰린이 입술을 달싹였다.

"……뭐, 뭐야? 이 새끼 뭐야?"

얼떨떨하게 중얼거리던 목소리가 이내 경악으로 바뀌었다.

"아니, 방금까지 멀쩡했잖아! 왜 갑자기 이러는데? 뭐야, 이거 술이었어? 아닌데?"

뒤늦게 아렌트가 마시던 주전자를 확인해 봤지만 맑은 물이 찰랑이고 있을 뿐이었다.

라이오스가 관자놀이를 꾹꾹 짚으며 깊은 한숨을 토해 냈다.

"하아아…… 안 괜찮다는 말이 사실이었던 것 같습니다. 지금까지 멀쩡한 척하고 있었던 거지."

"뭐?"

"악으로 깡으로 버티다 한계가 온 거죠. 징글맞은 놈. 어쩐지 아까부터 이상하더라니."

르웰린이 황당하게 묻자 아서가 질색하며 답을 내주었다.

엘프들의 시야에서 완전히 벗어났고, 알아낸 것도 모두 전해 주었다.

맡은 배역을 모두 완수했으니, 이제 긴장이 풀려 버린 거였다.

잠깐 방 안으로 들어간 리히트가 이불을 찾아와 아렌트의 몸에 던지듯이 덮어 주었다.

그러는 사이에도 르웰린은 눈을 끔뻑이며 엎어진 아렌트를 어처구니없이 바라보았다.

'……이게 가능한가?'

이건 정신력이 강하다는 말로 설명할 수 있는 게 아니었다.

이 상태로 대장로한테 수작질을 부리고, 제 선배들에게 알려 줄 것도 다 털어놨다는 게 어처구니가 없었다.

"이거 진짜 또라이 아냐……?"

르웰린의 혼잣말을 들은 아서가 쯧 혀를 찼다.

"내버려두세요. 이놈이 독한 게 하루 이틀도 아니고."
"와······."
저절로 탄식이 흘러나왔다.

지난번 진의 연구실을 뒤엎을 때에도 느꼈지만, 기사들이 매번 아렌트 때문에 환장하는 이유가 뭔지 알 것 같았다.

말 안 듣는 남동생을 쥐어박듯, 아서는 거친 손으로 아렌트의 머리를 헝클어뜨렸다.
"으이구, 원수 같은 새끼."
짧은 타박은 덤이었다.
머리가 깨질 것 같았다.
언젠가 극단의 단장 놈과 둘이 미친 듯이 퍼마신 날보다 더욱 상태가 안 좋았다.
'뭐 때문에 이렇게 마셨지?'
애매한 기억을 더듬었다.
술을 마실 이유야 뭐, 늘 많긴 했다.
당장 기울어 가는 극장 꼴만 봐도 숨이 답답해지며 당장 알코올이 땡길 지경이었다.
그렇다고 다른 단원들에게 불평불만을 할 수는 없었다.
이미 힘든 상황이 눈에 보이는 와중에 불안감을 더하긴 미안했으니까.

그래서 둘이서 쓰린 속을 삼키며 마른안주나 씹고는 했다.

"으……."

머리를 부여잡고 상체를 일으키니 부스럭, 질 좋은 이불의 감촉이 느껴졌다.

혼자 사는 집 특유의 퀴퀴한 냄새가 나는 이불이 아니었다.

멍한 와중에도 강렬한 위화감이 느껴졌다.

손에 엉키는 머리카락도 기억하는 것보다 길고 결이 좋았다.

살짝 실눈을 떠서 확인하니 반짝이는 은발이 보였다.

그것을 깨닫자 정신이 번쩍 들었다.

"……!"

벌떡 상체를 일으키려다가 두개골이 쪼개지는 것 같은 두통에 다시 앞으로 엎어졌다.

한참을 두통과 씨름하다 간신히 눈을 떴다.

그제야 차차 현실감이 돌아왔다.

여기는 그의 자취방도 아니고, 낡아 빠진 대기실도 아니었다.

이곳은 엘프 제2왕국의 숙소였다.

그리고 자신은 어제 대장로와 술을 주거니 받거니 하며 독주를 실컷 퍼마셨다.

적당히 물을 섞어 마시긴 했지만, 대장로가 직접 따라 주는 술은 꾸역꾸역 입에 넣을 수밖에 없었고…….

어떻게든 정신을 부여잡고서 '아렌트'로서의 역할은 수행해 냈지만, 긴장이 풀린 순간 바로 응접실에서 곯아떨어진 모양이었다.

거기까지 기억해 낸 아렌트는 머리를 부여잡고 낑낑대며 몸을 일으켰다.

"빌어먹을…… 이게 무슨 개고생이야……."

바깥에서 들어온 햇살 때문에 응접실 안이 환했다.

아무래도 이미 해가 중천에 뜬 것 같았다.

간신히 일어나 앉아 주변을 둘러보았다.

고요했다.

다른 이들은 이미 밖으로 나섰는지 인기척은 전혀 느끼지 않았다.

테이블 위에 물이 가득 찬 주전자와 잔, 그리고 약봉지 하나가 놓여 있었다.

깨면 먹어라.

그 옆에는 아서의 글씨체로 퉁명스레 적힌 쪽지가 있었다.

숙취 해소제 비슷한 것인 듯했다.

사양하지 않고 입에 털어 넣은 뒤 물을 잔뜩 들이켰다.

"으……."

쓴맛이 입 안 가득 퍼지자 그제야 눈이 좀 떠지는 것 같았다.

마음 같아서는 다시 드러눕고 싶었지만, 그럴 때가 아니라는 건 누구보다도 잘 알았다.

늦장 부리는 것도 잠시, 아렌트는 미련 없이 자리를 털고 일어났다.

찬물로 세수를 한 다음 옷을 갈아입고 밖으로 나갔다.

제국과는 또 다른 공기가 정신을 억지로 깨워 주었다.

지나가던 엘프들이 그를 발견하고는 생긋 웃으며 인사를 건네 왔다.

"이제 일어나셨군요. 편히 주무셨나요?"

"혹시 제 일행들 보셨어요?"

하품이 나오는 것을 간신히 억누르며 물었다.

그러자 엘프가 친절하게 대답해 주었다.

"아마 회당으로 가셨을 거예요. 식사가 필요하시면 숙소로 가져다드릴까요? 곧 점심시간이긴 한데, 조식도 거르셨을 테니 먼저 드셔도 괜찮아요."

"아뇨, 괜찮아요. 식사는 이따가 같이할게요."

단호한 거절에 엘프가 다시 묵례하고는 종종걸음으로 자리를 벗어났다.

솔직한 것은 부끄러운 게 아니다 〈283〉

다시 혼자 남은 아렌트는 머리를 짜증스레 벅벅 긁적였다.
"어처구니가 없네……."
곧 점심시간이라니, 기가 막혔다.
이쯤 되면 잔 게 아니라 기절했다가 깨어난 수준이었다.
당분간은 술 냄새도 맡고 싶지 않았다.
회당에 있다는 일행을 따라가 볼까도 잠깐 생각했지만, 아렌트는 곧 그만두었다.
'알아서들 하겠지.'
머리가 지끈거리는 와중에, 지금은 대장로의 얼굴 따위 별로 보고 싶지 않았다.
대신 산책이라도 할 생각으로 아렌트는 걸음을 돌렸다.
아직도 멍한 정신 탓인지, 아니면 깨어나기 직전 혼동한 탓인지 유난히 현실이 삐걱거리는 것처럼 느껴졌다.
제국에서도 거의 본 적 없는 이국적인 풍경 때문에 더욱 그랬다.
청명한 하늘은 꼭 페인트칠한 합판에 구름을 그려 놓은 것 같았다.
계절을 타지 않는 잎이 넓은 나무들도 가짜처럼 보였다.

네모반듯한 대리석 건물들도 현실감이 느껴지지 않았다.

하지만 당장 피부에 느껴지는 해풍은 진짜였다.

은근히 느껴지는 짠 냄새와 손에 달라붙은 서리 어린 손길, 원래 세계에서는 느낄 수 없던 마력도 분명 현실이었다.

'……꿈이 아니다.'

어마어마한 숙취도 빠르게 이겨 내 버리는 튼튼한 '아렌트'의 몸뚱이조차도 자신의 것이었다.

거기까지 머릿속에 우겨 넣고 나서야 아렌트는 위화감에서 벗어날 수 있었다.

어깨를 아래로 늘어뜨렸다가 크게 숨을 들이쉬었다.

"하……."

신선한 공기가 폐부를 깊이 파고들었다.

고개를 젖히니 새파란 하늘이 눈에 들어왔다.

합판으로 만든 세트장 따위가 아니라 진짜 새파란 하늘이었다.

슬슬 추워지는 칼리온 제국과는 달리 아직도 약간의 온기가 남아 있는 하늘.

잎은 싱그러웠고 공기에서는 소금기가 느껴졌다.

삐이이이-

처음 보는 새가 길게 이상한 울음소리를 뿜었다.

잠시 멍하니 허공을 올려다보고 있는데, 곁에서 불쑥 목소리가 들려왔다.

"여기는 산책로가 아니다. 돌아가도록."

싸늘한 명령조였다.

'새로운 등장인물이군.'

갑자기 극이 시작됨과 동시에 혼탁하던 머릿속이 맑아졌다.

아렌트는 놀라는 기색도 없이 천천히 고개를 돌려 상대를 확인했다.

엘프 전사, 자카르가 라이오스와 닮은 무표정을 한 채서 있었다.

잠깐 머리를 굴리던 그는 이제는 퍽 익숙해진 '아렌트'다운 대사를 꺼내 툭 내뱉었다.

"제 마음입니다만."

"돌아가라. 이곳은 숲으로 들어가는 길이다. 그 안에서 조난당해도 아무도 책임져 주지 않는다."

"흐음."

자카르의 말에 아렌트는 제가 향하던 길을 향해 무심하게 시선을 옮겼다.

그러고 보니 얼마 가지 않아 길이 끊겨 있었다.

온갖 식물들로 주변 숲도 제법 무성했고, 네모반듯한 건물들도 거의 보이지 않았다.

멍하니 걷는 사이 제법 멀리 온 것 같았다.

아렌트는 순순히 걸음을 돌려 자카르를 마주 보았다.

자신을 빤히 응시하는 황금색 눈동자를 본 자카르가 살며시 미간을 구겼다.

"……꼭 잘 만났다, 라고 말하는 것 같은 얼굴이군."

"엘프는 독심술도 할 줄 알아요? 마침 딱 그렇게 생각했는데, 어떻게 아셨대."

뻔뻔하게 대꾸하며 아렌트가 어깨를 으쓱했다.

마침 심란하고 기분도 나쁘던 참에 괜찮은 먹잇감이었다.

"……."

한 치의 망설임도 없이 돌아온 대답에 자카르가 눈썹을 미미하게 휘었다.

하지만 그것도 잠시, 자카르가 다시 입을 열었다.

"견습 기사, 아렌트 폰 에크하르트 경인가? 왜 여기에 자네 혼자 있지?"

"네, 자카르 교관 되십니까? 어딜 산책하든 그건 제 자유인 것 같은데요."

이번에도 싸가지라고는 전혀 찾아볼 수 없는 대답이었다.

그러나 자카르는 여전히 침착했다.

"그냥 숲에서 헤매게 내버려둘 걸 그랬군. 내가 교관이라는 건 어떻게 안 거지?"

"어제 연회에서 들었습니다."

대장로와 장로들이 술김에 들려준 이야기 중 하나였다.

들은 바에 따르면, 자카르는 젊은 나이에도 무술 실력이 출중했다.

그 덕에 그와 비슷한 또래의 젊은이들과 더 어린 청년들을 이끄는 자리를 맡은 거였다.

원작에서는 어떤 경위로 그가 안개숲 친위대의 대장이 된 건지는 알 수 없었지만.

젊은 엘프의 미간이 살며시 찌푸려지자 아렌트가 덧붙였다.

"아, 그리고 폴라리스 장로님의 아드님이시라는 것도 들었습니다."

"누구에게?"

"대장로님께요."

대장로라는 말이 나오자 자카르가 입을 꾹 다물었다.

무뚝뚝한 얼굴에서 약간의 언짢음이 비쳐 나왔다.

잠깐의 뜸 뒤, 자카르가 아까보다 더욱 가라앉은 음성으로 물었다.

"나에 대해 일부러 장로님께 여쭤본 건가?"

"넵, 좀 관심이 생겨서. 어제 여기 도착하자마자 마중

나왔던 게 교관님이기도 했고요. 그리고 당신이 도대체 누구시길래 안개숲 친위대의 대장인 실비안 님을 하대하는지 궁금했거든요."

아렌트가 무심하게 대답했다.

그러자 자카르가 날카로운 목소리로 대답했다.

"하대하지 않았다. 실비안 대장은 내 제자가 아니다."

"하지만 장로님의 부하시긴 하죠. 장로님들을 지키는 게 안개숲 친위대의 역할이라면서요?"

즉, 당신이 장로의 아들이니 무려 대장직에 있는 그녀를 함부로 대할 수 있는 것이 아니냐는 뜻이었다.

자카르의 얼굴이 딱딱하게 굳었다.

그 사실을 이방인인 아렌트에게 지적당한 것이 몹시도 불쾌한 것 같았다.

'투명한 놈이네.'

이 짧은 대화에서 아렌트는 그에 대해 얼추 파악할 수 있었다.

자카르는 라이오스와 동류였다.

라이오스보다 훨씬 더 표정 관리를 못 하긴 했지만.

"그런데 저야 술 깨려고 여기까지 걷다가 들어온 거라 치고…… 교관님은 왜 여기 계시는데요?"

"자네가 혼자 이쪽 길로 접어든 것을 보고 따라왔다."

"보호 목적? 아니면 감시 목적으로?"

솔직한 것은 부끄러운 게 아니다 〈289〉

아렌트가 고개를 삐딱하게 기울이며 묻자 자카르는 다시 입을 다물어 버렸다.

그것으로도 대답은 충분했다.

"전자인 척하시지만, 아무래도 후자이신 모양이네요. 좋아요, 같이 돌아가죠."

"……굉장히 맹랑하군."

"그런 말 자주 듣습니다."

천연덕스럽게 어깨를 으쓱한 아렌트가 그를 지나쳐 먼저 마을을 향해 발을 내디뎠다.

한동안 그 뒷모습을 가만히 응시하던 자카르 역시 거리를 두고 걷기 시작했다.

아렌트가 앞장서고 자카르가 뒤를 따르는, 조금 이상한 모양새가 연출되었다.

자카르가 미처 그것을 깨닫기도 전에 아렌트가 먼저 운을 뗐다.

"원래 교관이 손님 호위 역도 겸하나요?"

"그쪽 일행에게 호위는 필요 없어 보인다만. 굳이 따지자면 그대 말대로 감시 목적이겠지."

차분한 대꾸가 돌아왔다.

아렌트는 엉뚱한 소리를 내뱉었다.

"원래 업무에 포함되는 일은 아닌가 보네요. 초과 근무 아니에요?"

"내 의지대로 하는 일이다."
"알겠습니다. 과잉 충성 내지는 월권행위라는 거네요."
"……."
드디어 자카르의 무표정에 금이 갔다.
그를 힐끗 돌아본 아렌트가 삐딱하게 물었다.
"불만이십니까?"
"주제 넘는 발언이군."
자카르의 선명한 초록색 눈동자에 뚜렷한 노기가 어렸다.
그와 반대로 아렌트의 얼굴은 시종일관 차분하기만 했다.
짧은 말장난을 하는 사이, 이미 아렌트는 계산을 마친 뒤였다.
자카르는 소설에서 라이오스의 신뢰를 얻은 사람이었다.
그러니 아렌트 역시 단장이 내린 판단을 믿어 보기로 했다.
모두가 속내를 숨긴 엘프 왕국에서 믿을 만한 사람은 단 한 명, 자카르뿐이었다.
"딱 하나만 여쭤봐도 됩니까?"
아렌트는 몸을 돌려 자카르를 마주 보고 섰다.
그는 대답하지 않고 견습 기사를 가만히 응시하기만 했다.

저 올곧은, 혹은 고리타분한 엘프를 뒤흔드는 건 한 마디로도 충분했다.

 "그딴 식으로 제멋대로 구시면서, 왜 직접 대장 자리에 안 나서요?"

 물론 믿는다고 해서 검증 과정을 생략할 거란 뜻은 아니었다.

 "무능하고 물러 터진 실비안 대장보다, 그쪽이 훨씬 더 유능해 보이는데."

 견습 기사의 낯에 비릿한 미소가 어렸다.

 어제 일로 엘프들에 대한 악감정이 한가득 쌓여 있으니, 겸사겸사 스트레스도 좀 풀어 볼 생각이었다.

* * *

 엘프들의 시야에서 벗어나자마자 르웰린이 투덜거렸다.

 "아렌트 녀석은 도대체 무슨 짓을 한 거야?"

 아침 식사를 대접받은 뒤 대장로와 만나 이야기를 나눈 뒤 돌아가는 길이었다.

 "뭐…… 대장로님 속을 긁어 놨다는 것만은 명확하네요. 어제랑 영 분위기가 다르신 것 같지 않습니까?"

 "그런 것치고 어젠 제법 즐거워하시는 것 같았는데."

 아서의 말에 리히트가 살며시 미간을 찌푸렸다.

지난 술자리에서 아렌트가 자리에서 일어나기 전까지만 해도 대장로는 기분이 퍽 좋아 보였다.

기억을 더듬으며 잠깐 뜸을 들이던 아서가 툭 내뱉었다.

"……마지막에 뭔가 귓속말하는 것 같지 않았어요?"

"그랬지."

라이오스가 조용히 대답했다.

그 뒤로는 아렌트가 갑자기 바닥에 엎어지는 바람에 정신이 없어서 제대로 살피지 못했지만.

아렌트가 뭔가 수작질을 부렸다면 아마 그때였을 것이다.

"슬슬 일어났을 테니, 가서 물어보는 수밖에."

"묻는다고 그놈이 순순히 털어놓을까요……?"

라이오스가 그렇게 말했지만 아서는 회의적인 표정을 지었다.

그렇게 뻗어 버린 아렌트는 다음 날 아침나절까지도 눈을 뜨지 못했다.

몇 번 깨우려 했지만, 앓는 소리를 내는 통에 그냥 내버려 두고 나와 버린 그들이었다.

"그래도 얌전하니까 평화롭긴 하던데."

"그건 그렇습니다. 이럴 때 아니면 그놈이 언제 조용히 있겠어요?"

르웰린이 농담처럼 던진 말에 아서 역시 키득키득 웃음을 터뜨렸다.

시답잖은 대화를 나누며 숙소로 돌아온 그들은 곧 텅 빈 소파와 마주할 수 있었다.

"뭐야, 이놈 어디 갔어?"

"그새 산책이라도 나간 모양입니다."

르웰린이 고개를 갸웃하자 리히트가 짧게 대답했다.

필요 이상으로 깔끔 떠는 성격답게 이불이 각 잡힌 모양새로 접혀 있었다.

아서가 놓고 간 약도 먹은 것 같았다.

"……뭔가 불길하군."

한동안 침묵하던 라이오스가 미간을 살며시 구겼다.

불행히도 다른 이들 역시 그 말에 동의할 수밖에 없었다.

시야 밖으로 벗어난 순간부터 언제 무슨 일을 벌일지 모르는 게 아렌트였다.

르웰린이 찜찜한 얼굴로 제안했다.

"찾으러 나갈까?"

"아무래도 그게 좋겠습……."

기사단장의 대답이 끝나기도 전.

콰아앙!

아득한 곳에서 폭음이 들려왔다.

"……."

창문 밖으로 기겁한 새들이 우르르 날아오르는 게 보였다.

소리의 시발점은 이곳에서 꽤 떨어진 숲이었다.

"하아아……."

한참 뒤, 라이오스가 골치 아파 죽겠다는 얼굴로 이마를 짚고 커다랗게 한숨을 터뜨렸다.

"그…… 찾아 헤매는 수고는 덜었네."

르웰린이 어색하게 위로를 건넸지만 그게 통할 리 없었다.

라이오스는 더 왈가왈부하지 않고 빠른 걸음으로 먼저 숙소를 빠져나갔다.

다른 이들 역시 급하게 그 뒤를 따랐다.

* * *

소란이 벌어진 곳으로 달려간 그들은 곧 숲에 엘프들이 우글우글 모여 있는 것을 발견했다.

르웰린이 가장 앞장서서 그들을 비집고 들어갔다.

"잠시만요, 지나갈게요!"

"어, 르웰린 님!"

그를 알아본 엘프가 반가운 목소리를 냈다.

솔직한 것은 부끄러운 게 아니다 〈295〉

마치 구세주라도 만난 것 같은 태도였다.

인파를 뚫고 나간 르웰린은 곧 살기를 드러낸 채 검을 뽑아 든 자카르와, 그와 대치 중인 아렌트를 발견하고는 탄식을 흘렸다.

"저 미친놈 진짜……."

뭐가 어떻게 된 일인지는 모르겠지만, 아무래도 자카르와 제대로 시비가 붙은 모양이었다.

"역시나 명불허전이시네요, 자카르 교관님."

바로 옆에서 벌어진 참상을 힐끗 본 아렌트가 무심하게 말했다.

자카르의 검기를 정면으로 맞은 굵은 나무가 뚝 부러져 바닥에 쓰러져 있었다.

하지만 제가 만들어 낸 무참한 광경에는 별로 관심이 없는지, 자카르는 곤혹스러운 얼굴로 아렌트를 바라보고 있었다.

사방이 새하얀 서리로 뒤덮여 있었다.

마치 아렌트 폰 에크하르트의 주변에만 혹한이 찾아온 것 같았다.

방금 그가 공격을 받아친 자리의 지면은 새하얗게 얼어 있었다.

검기 대신 서리가 어린 견습 기사의 검면 역시 순백으로 물든 채였다.

"저게 뭐지?"

"특이한 마력이군……."

소란에 몰려든 엘프들이 아렌트의 아티팩트를 발견하고는 수군대고 있었다.

아연하게 두 사람의 대치를 바라보던 르웰린이 버럭 외쳤다.

"야, 뭐 하는 거야! 자카르 님도 그만하세요!"

"참견하지 마십시오, 르웰린 님."

금방이라도 아렌트를 잡아먹을 듯 노려보며 자카르가 사납게 대꾸했다.

평소 감정을 잘 내비치지 않는 그답지 않은 모습이었다.

아렌트 역시 어깨에 검을 툭 걸치며 불량한 자세로 빈정거렸다.

"그렇게 말씀하셔야지. 외지인 상대로 다짜고짜 검을 뽑으셨으니 뭐라도 썰어야 하셔야지 않겠어?"

"썰리게 될 게 네 목이라는 생각은 안 하냐?"

르웰린이 냅다 욕을 내뱉었다.

하시만 두 사람 나 들은 척도 하시 않았다.

"할 수 있으면 해 보시라고 그래. 교관님이 굳이 인간 견습 기사 놈을 이겨 먹고 싶으신 것 같은데, 거절할 필요는 없지."

"목숨을 거두지 않아도 그 버르장머리를 고치는 것은 가능하다."

"제법 자신만만하시네요. 아무도 그걸 성공한 역사가 없으니 제가 아직도 이렇게 활개 치고 다니지 않겠어요?"

자카르가 서늘하게 읊조리자 아렌트가 대놓고 빈정거렸다.

노골적인 도발에 검을 쥔 자카르의 손에 힘이 더욱 들어갔다.

아렌트 역시 이를 상대하기 위해 검을 고쳐 잡았다.

두 사람이 당장이라도 서로에게 달려들 기세로 지면을 박차기 직전.

쿠우웅!

육중한 땅울림이 대지를 뒤흔들었다.

그들은 저도 모르게 멈칫하며 소리의 근원지를 확인했다.

슬금슬금 눈치를 보던 엘프들이 뒤로 물러섰다.

그러자 지면에 검을 깊이 꽂은 채 검자루에 손을 얹은 라이오스가 인파 사이에서 모습을 드러냈다.

자카르와 아렌트를 똑바로 바라보며 기사단장이 또렷하게 경고했다.

"두 사람 다 그쯤 해 두지."

"……."

아렌트는 별다른 표정 변화 없이 그를 물끄러미 보다가 제 앞의 자카르를 향해 시선을 돌렸다.

자카르 역시 검을 늘어뜨리고는 무표정한 얼굴로 라이오스를 응시하고 있었다.

"쯧."

짧게 혀를 찬 아렌트는 미련 없이 먼저 마력을 풀며 검을 갈무리했다.

"교관님, 아쉽지만 다음에 하죠? 방해꾼이 와 버렸으니까."

"……."

자카르는 아무런 말 없이 라이오스에게서 눈을 떼고 아렌트를 보았다.

그리고 잠시 후.

스릉.

그의 검 역시 차가운 소리를 내며 검집으로 돌아갔다.

상황이 마무리된 것을 확인한 라이오스가 지면에 깊이 박힌 검을 뽑았다.

"제 부하가 결례를 저질렀습니다, 자카르 님. 제가 대신 사죄드리겠습니다."

자카르를 바라보며 또박또박 말하는 라이오스의 목소리에 약간의 냉기가 묻어났다.

단장을 응시하는 자카르의 초록색 눈동자에 다시 날이

서기 시작했다.

"부하가 말버릇이 제법 나쁘더군요. 교육이 필요한 것 같습니다."

"그 점은 송구하게 생각합니다. 하지만 어쩌다 폭력 사태까지 벌어지게 되었는지 해명하실 필요가 있어 보입니다만."

라이오스 역시 싸늘하게 대답했다.

자카르와 라이오스 사이에 심상찮은 기류가 흐르기 시작했다.

기 싸움이 시작되자 다른 엘프들 역시 마른침을 꿀꺽 삼켰다.

그때, 밉살맞은 목소리가 불쑥 끼어들었다.

"뭘 또 정색하고 그래요? 얘기하다 보면 시비도 붙고 그럴 수 있지."

어김없이 아렌트였다.

쓸데없이 귀에 쏙쏙 잘 들어오는, 그래서 더욱 짜증을 유발하는 익숙한 목소리에 라이오스는 눈을 질끈 감고 말았다.

"입 좀 다물어라, 제발. 방금 네가 하던 건 대화가 아니라 싸움이었다. 그리고 당연히 시비는 네 쪽에서 걸었겠지."

침착을 가장한 짧은 한 마디에 꾹꾹 눌러 담은 짜증과

화가 고스란히 묻어나고 있었다.

그걸 몰라볼 아렌트가 아니었지만 그는 뻔뻔하게 어깨를 으쓱할 뿐이었다.

"단장님이 잘 모르시는 것 같은데, 대화에는 여러 가지 형태가 있는 법입니다. 이 정도야 뭐, 약간의 폭력을 동반한 논의라고 해도 충분하지 않아요? 교관님은 어떻게 생각하시는지?"

아렌트가 씨익 웃으며 자카르에게 시선을 주었다.

"그게 마음에 안 드시면 정당한 대련이었다, 정도로 끝내죠. 방해꾼이 들이닥친 탓에 싱겁게 끝나 버렸지만."

"……."

그의 천연덕스러운 몸짓에 자카르는 갑자기 허탈해지고 말았다.

지금 벌이는 모든 일이 다 무의미하고 바보같이 느껴진 탓이었다.

이 사태를 문제 삼았을 때 불리해지는 건 물론 자신이었다.

검을 먼저 뽑은 게 바로 그였고, 칼리온 제국의 황실 기사들은 엘프 왕국의 귀빈들이니까.

그러나 아렌트는 아까의 일을 잠깐의 장난질 정도로 넘기자고 제안하고 있었다.

방금까지 놈이 주워섬기던 말은 모욕적이었지만, 지금

내어놓은 제안은 분명 호의를 발휘한 거였다.

얼굴을 한 번 쓸어내리는 것으로 침착함을 되찾은 자카르가 대답하려 입을 열던 순간.

"아, 근데 대장로님도 그 정도로 넘어가 주실지는 모르겠네요. 아마 오늘 하루 종일 기분이 별로 안 좋으실 것 같은데."

아렌트가 덧붙인 얄미운 한마디에 그의 이마에 다시 힘줄이 솟았다.

몇 번째일지 모를 한숨을 푹 내쉰 라이오스가 조용히 손을 들어 아렌트의 뒤통수를 퍽, 쥐어박았다.

"악!"

"……워낙 버릇없는 녀석이라. 죄송합니다."

그대로 아렌트의 뒷덜미를 낚아챈 라이오스가 고개를 꾸벅 숙였다.

잘잘못을 따지는 것보다 아렌트를 제압하는 게 더 급선무라고 판단한 거였다.

재차 치솟던 분노가 황당함으로 바뀌어 버렸다.

자카르는 그 광경을 떨떠름하게 바라보았다.

라이오스에게 붙들린 채 얻어맞은 곳을 짜증스레 문지르던 아렌트가 시선을 들어 자카르를 보았다.

"교관님, 그래도 난 거짓말은 안 해요."

단장에게 한 손으로 제압당해 부루퉁해진 앳된 얼굴은

딱 그 나이대 인간의 것 같았다.

하지만 그가 내뱉은 말은 결코 그냥 흘려들을 수 없었다.

"걸리는 게 있으면 직접 파헤치는 게 낫습니다. 천년만년 속앓이하는 것보다 그게 훨씬 효율적이고 경제적이죠."

"……."

자카르의 낯빛이 다시 어두워졌다.

아서와 리히트는 다시 그가 분노할까 봐 긴장했지만, 다행히도 그런 불상사는 터지지 않았다.

"걱정되어서 죽겠으면 직접 나서고, 그냥 믿어 주고 싶다면 아예 손 떼고 지켜만 봐요. 이도 저도 아닌 상태로는 아무것도 못 합니다. 도움도 안 되고, 애매한 자리에 끼어 있으면 결과적으로 민폐밖에 안 된다고요."

여전히 진지함이라고는 느껴지지 않는 어조였지만, 자카르는 가만히 듣고만 있었다.

그가 한층 차분해진 눈으로 아렌트를 조용히 응시했다.

그와 눈을 마주친 아렌트가 씨익 장난스레 웃었다.

"답답해 죽겠으면 절 찾아오셔도 좋고. 외지인이라는 입장도 제법 쓸 만하거든요."

"……."

한참 동안 침묵하던 자카르가 라이오스를 향해 고개를 꾸벅 숙였다.

"먼저 가겠습니다. 물의를 일으켜 죄송합니다. 여기는 나중에 사람을 보내 정리하겠습니다. 장로님께 보고드린 뒤 책임질 부분이 있다면 그 역시 달게 받겠습니다. 그럼."

그것을 마지막으로 자카르는 빠른 걸음으로 그 자리를 벗어나 버렸다.

멀어지는 뒷모습을 지켜보는 아렌트의 입가에 흡족한 미소가 번졌다.

'제대로 통한 것 같네.'

남겨진 이들은 영문을 몰라 어리둥절한 눈으로 아렌트와 자카르를 번갈아 볼 뿐이었다.

숙소까지 질질 끌려가고 나서야 아렌트는 라이오스의 손에서 해방될 수 있었다.

"도대체 무슨 짓을 했기에 자카르 님이 그렇게 화를 내?"

"그걸 진심으로 몰라서 물어? 속이나 좀 긁어 드렸지."

르웰린이 단박에 쓴소리를 늘어놓았지만 아렌트는 늘 그렇듯 시큰둥하게 대꾸하며 흐트러진 옷매무새부터 가다듬었다.

"생각이 너무 많으면 조금만 건드려도 터지거든."

"그래서 굳이 굳이 건드려서 터뜨렸다고?"

"정답."

아렌트가 담백하게 답했다.

그를 꺼림칙하게 보던 아서가 입을 열었다.

"대장로님한테도 무슨 짓 했냐?"

"짓…… 이라고 말할 것까지는 아니고."

"여튼 뭔가 하긴 했단 소리군."

견습 기사의 애매한 대답에 리히트가 침착하게 툭 내뱉었다.

라이오스는 한 발짝 물러서서 관자놀이를 꾹꾹 짚고 있었다.

할 말이 많지만 어디부터 이야기를 꺼내야 할지 갈피가 잡히지 않는 듯했다.

단장을 힐끗 본 아렌트는 이내 쭉 기지개를 켜고 소파에 털썩 앉아 버렸다.

"아, 개운하다. 마력을 한바탕 움직였더니 술이 깨네요."

"상쾌한 얼굴 하지 마라. 우리는 골치가 아파 죽을 지경이니까."

"이미 벌어진 일이잖아요. 뭐 어쩔 거예요?"

아서가 으르렁댔지만 아렌트는 습관대로 어깨를 으쓱할 뿐이었다.

"보아하니 뒤탈도 크지 않을 것 같고. 아까 자카르 님한테는 대장로님 운운했지만, 대장로님도 딱히 문제 삼진 않으실 걸요."

"왜 그렇게 생각하는데?"

"딱히 자카르 님을 탓하실 것 같지는 않거든."

르웰린이 뾰족하게 묻는 말에 아렌트가 뻔뻔하게 대답했다.

"어제 직접 당해 보셨으니, 부하가 열받아서 사고 좀 쳤대도 봐주실걸."

"그거 자랑 아니다."

리히트가 조용히 지적했다.

부하들이 아옹다옹하는 틈에 어느 정도 머릿속을 정리한 라이오스가 아렌트 앞에 섰다.

아렌트가 무심한 눈으로 자신을 올려다보자 그가 짧게 물었다.

"뭘 하는 거지?"

"……."

견습 기사는 당장 대답하지 않았다.

잠깐의 침묵 끝, 아렌트의 입가에 씨익 장난스러운 미소가 번졌다.

이따금 그가 나쁜 계략을 꾸밀 때 보이는 표정이었다.

"세상에서 제일 괴로운 것 중 하나가 뭔지 알아요?"

아렌트가 엉뚱한 말을 꺼냈다.

언뜻 맥락이 없어 보였지만, 분명 라이오스가 던진 질

문의 핵심과 관련된 말일 것이다.

"아무것도 확실하지 않은 상황에서 믿을 건 자기 자신뿐인데, 그마저도 신뢰가 안 갈 때요."

"……."

"끊임없이 삽질하면서 자신이 흔들린다는 것도 인정 못 하고, 누구한테 털어놓을 수도 없고……."

"……."

마치 흥얼거리는 것 같은 목소리가 이어질수록, 다른 이들 역시 그의 이야기에 귀를 기울일 수밖에 없었다.

"결국 이도 저도 아닌 상황에서 머리만 쥐어뜯게 되는 거죠. 그러다가 잘못된 선택을 해서 모든 걸 다 망쳐 버리기 십상이고."

비극에 나오는 주인공들이 흔히 겪는 딜레마였다.

그리고 그것은 비단 작중에서 중책을 맡은 주연에게만 해당되는 일은 아니었다.

"그러니까……."

르웰린이 그의 말을 이해해 보려 눈썹을 휘었다.

"쉽게 말해서 대장로님이랑 자카르 님이 그런 상태라고? 너는 그 두 분이 약점이라고 생각하는 부분을 긁었고?"

"그렇지."

가볍게 긍정하는 아렌트의 눈이 퍽 즐겁다는 듯 은근한

빛을 품었다.

 보통 그런 정체된 상태로 고민하는 등장인물들은 외부의 자극으로 쉽게 격앙된다.

 누가 자신의 감정을 터뜨려 주기만을 기다리고 있으니까.

 "우물쭈물하면 걸림돌만 돼. 그러니 자기 자리를 찾아갈 수 있도록 엉덩이라도 걷어차 줘야지."

 어물거리는 놈들도 무대 위에서는 다 제 몫이 있다.

 시나리오가 뒤바뀐다 한들 그 사실은 변치 않을 것이다.

 그리고 만고불변의 진리가 하나 더.

 일손은 많을수록 좋았다.

 더군다나 이런 개같은 상황에서는.

* * *

 놀랍게도 그날 밤, 자카르가 조용히 그들의 숙소에 찾아왔다.

 다른 누군가를 대동하지도 않고, 혼자서 조용히 기사들이 머무르는 곳의 문을 두드린 것이다.

 "……."
 "……."

 응접실에 어색한 침묵이 흘렀다.

아렌트는 다리를 꼬고 앉아 자카르를 가만히 마주보기만 했다.

그 맞은편에 앉은 자카르 역시 무표정한 얼굴로 아렌트를 가만히 응시했다.

기사들과 르웰린은 그 지독한 정적에 숨이 막혀 죽기 일보 직전이었다.

두 사람의 이상한 대치를 지켜보던 라이오스가 먼저 운을 뗐다.

"늦은 시간에 따로 방문하신 만큼, 분명 용건이 있으신 듯합니다만."

"……그렇습니다. 하지만 찾아오라고 먼저 청한 것은 저 견습 기사이니, 무슨 말을 꺼내야 할지 고민 중이었습니다."

말을 고르듯 잠깐 뜸을 들이던 자카르가 천천히 말했다.

"개인적인 마음으로는 저자를 응징하고 싶은 마음도 큽니다만. 분하게도 틀린 말이 아닌 부분 역시 존재하니 당장 검을 뽑는 짓은 하지 않겠습니다. 안심하셔도 좋습니다, 단장."

담담한 목소리에서는 낮에 보였던 분노의 흔적을 전혀 찾을 수 없었다.

짧게 한숨을 내쉰 라이오스가 다시 물었다.

"우선 묻겠습니다만, 숲에서 무슨 일이 있었습니까?"

"그건 저보다는 아렌트 경께 물어보시는 편이 빠를 겁니다."

자연스레 모두의 시선이 아렌트에게 향했다.

느긋하게 앉아 상황을 관전하던 아렌트가 고개를 삐딱하게 기울였다.

"무슨 일이라. 월권행위라고 따졌던 거? 과잉 충성이라고 놀린 거? 어느 쪽을 말하는 거예요?"

"……."

"아니면 물러 터진 실비안 대장보다 당신이 나서는 게 나을 거라고 말한 거? 또 뭐가 있더라. 대장로님과 장로님들의 대처가 옳다고, 진심으로 그렇게 생각하시냐고도 물었죠."

"……."

아무도 선뜻 입을 열지 못했다.

어처구니가 없어진 탓이었다.

간략하게 줄여 설명한 것만 들어도 정신이 아득해질 폭언이었다.

그 특유의 빈정거림과 노골적인 비웃음이 가미된 조롱을 정면으로 받았을 자카르가 얼마나 분노했을지는 충분히 짐작할 수 있었다.

이쯤되면 찾아오라는 말에 곧이곧대로 여기까지 온 자

카르가 무슨 생각인지도 궁금했다.

그들의 시선이 자연스레 엘프 제2왕국의 전사 교관에게 향했다.

아렌트를 마주보며 자카르가 조용히 말했다.

"내가 분노한 것은 그것 때문이 아니다. 경이 내 아버지를 들먹거린 탓이지."

"제 핑계 대지 마세요. 제 말에 제대로 반박 못 하는 자신한테 화가 나신 거겠죠."

아렌트는 피식 입꼬리를 올렸다.

르웰린은 그제야 뭐가 어떻게 됐는지 깨닫고는 홀린 듯이 중얼거렸다.

"설마, 폴라리스 장로님?"

"아."

아서의 입에서도 탄식이 흘렀다.

폴라리스 장로는 자카르의 부친이었고, 동시에 르웰린이 짚어 낸 첩자 용의자 중 한 명이었다.

아렌트가 고개를 끄덕였다.

"어제 그것도 대장로님께 들었거든. 폴라리스 장로님이 외부에서 이주해 오셨다는 거."

아렌트가 간단히 덧붙였다.

"그리고 자카르 님도 우리랑 비슷한 생각을 하신 거죠. 2왕국 내에 첩자가 있고, 그 첩자는 이주민 중 하나일 가능성이 크다고."

"……."

거기까지 추측한 자카르는 자연스레 제 아버지를 용의 선상에 올려 버린 것이다.

"악신이 얽혔다는 건, 저희가 방문하기 전에도 알고 계셨죠? 어떤 경위인지는 모르겠지만. 당연히 의구심이 드셨겠죠. 외부에 이 사실을 꽁꽁 숨기자는 대장로님의 판단이 과연 옳은가."

"……."

자카르는 대답하지 않았다.

그 침묵은 곧 긍정이라는 뜻이었다.

한참 뒤 자카르가 짧게 내뱉었다.

"난 아버지를 믿는다. 실비안 대장이 유능하다는 것도 잘 안다. 대장로님께서 언제나 엘프들을 위해 노력하신다는 것 역시."

"하지만 근거가 빈약하죠?"

아렌트가 피식 입꼬리를 올렸다.

자카르는 이번에도 침묵으로 긍정했다.

"간단한 해결책이 있어요, 교관님."

"뭐지?"

"첩자가 누군지 밝히는 겁니다. 당신이 동의하든 동의하지 않든, 우리는 첩자를 찾아야만 해요. 엘프들 사정이야 우리 알 바 아니지만, 제국 안에서 활개 치는 진을 찾으려면 우선 그 방법이 제일 빠를 것 같거든요."

얼굴에서 웃음기를 지운 아렌트가 팔짱을 끼고 차분하게 말을 이었다.

"첩자를 찾아내면 폴라리스 장로님이 결백한지 아닌지 밝혀지겠죠. 여기에 실비안 대장님도 끌어들이는 겁니다. 안개숲 친위대의 대장은 그분이니, 당연히 내부 수사에도 앞장서는 것도 그분이 되셔야죠."

"……."

"모든 문제가 해결되면 고집스럽게 비밀을 유지하시려던 대장로님의 판단도 틀리지 않았다는 게 증명됩니다. 우리가 성공한다면, 2왕국 내부에서 자체적으로 수습한 게 되니까요."

"……."

자카르는 여전히 대답하지 않고 아렌트를 가만히 응시했다.

그와 시선을 똑바로 마주치며 아렌트가 또박또박 덧붙였다.

"겸사겸사, 건방진 외지인이 엘프 왕국 내에서 무슨 짓을 벌이는지 시야 안에 두는 것도 가능합니다. 나쁜 제안은 아닐 텐데요?"

"……마치 거래를 하자는 것처럼 들리는데. 내가 그대

들을 어떻게 믿지?"

"그럼 엘프는 믿을 수 있고요?"

한 치의 망설임도 없이 돌아온 대답에 자카르가 허를 찔린 표정을 지었다.

"대책 없는 신뢰보다는, 서로 얻을 이득에서 오는 거래를 믿는 게 더 낫지 않아요? 같은 편이 되자고요."

아렌트가 씨익 다시 장난스럽게 미소 지었다.

"의심은 모든 불행의 시작이라는 얼빠진 소리도 있지만, 그건 의심을 가진 사람이 멍청하기까지 해서 벌어지는 일이에요."

서로 죽고 죽이고 절망하는 비극의 출발은 대부분 그랬다.

"자기 자신에게 솔직해지는 건 부끄러운 일이 아닙니다. 아버지가 의심되고, 실비안 대장이 못미덥고, 대장로님이 실수를 저지르는 게 눈에 보이는데 뭐 어쩌겠어요?"

아렌트가 제 습관대로 어깨를 으쓱해 보였다.

"몇 번만 검증해 보면 다 해결될 일인데, 바보같이 비장하게 굴지 마세요. 고민거리를 가득 껴안고 이도저도 못 한 채 가만히 서 있는 것보다, 당장 할 수 있는 일을 찾는 편이 더 이득입니다."

"……"

한동안 침묵을 지키며 자카르는 심란한 시선을 바닥으로 떨어뜨렸다.

아렌트는 그를 더 재촉하지 않고 가만히 기다리기만 했다.

다른 이들 역시 입을 꾹 다물고 그런 자카르를 보기만 했다.

시종일관 냉철하고 굳건하던 그가 고뇌에 빠진 모습은 제법 위태로워 보였다.

짧게 한숨을 내쉬며 얼굴을 쓸어내리는 손이 미미하게 떨린다는 점에서 더욱 그랬다.

침묵을 견디지 못한 르웰린이 그의 이름을 부르려 입을 뗐을 때, 자카르에게서 침착한 음성이 흘러나왔다.

"아버지와 내가 왕국 내부로 거처를 옮긴 것은 대략 80년 전이다. 내가 성년을 맞이하기 전이었지."

갑작스럽게 화제가 바뀌었지만 자카르를 탓할 사람은 아무도 없었다.

지금부터 그가 풀어놓을 이야기가 아주 중요한 것임을 직감한 탓이었다.

"밤늦은 시간에 누군가가 집에 찾아왔다. 어린 시절이라 자세히 기억하는 건 아니지만…… 이전부터 아버지가 종종 만나시던 이들이라는 건 알아볼 수 있었다."

고개를 든 자카르가 아렌트와 똑바로 시선을 마주쳤다.

"그들이 상자를 하나 들고 왔다. 신성제국에서 우연히 발견한 물건이라면서."

먼저 운을 뗐으면서도 자카르는 얼마간 더 망설였다.

진짜 이것을 털어놓아도 되는지 자신이 없는 탓이었다.

하지만 고민은 길지 않았다.

"물건이 뭔지 확인한 아버지가 급히 나를 방으로 들여보내셨다. 나는 호기심에 아버지가 다른 이들과 대화를 나누는 걸 엿들었지."

마른침을 삼킨 그가 짧게 덧붙였다.

"자세한 건 듣지 못했어. 하지만 어둠의 신이라는 것이 언급된 것은 똑똑히 기억난다."

어둠의 신.

곧 악신이라는 뜻이었다.

가만히 경청하던 이들의 얼굴이 차갑게 얼어붙었다.

(배신 기사의 유쾌한 신의 9권에서 계속)